OPÚSCULO HUMANITÁRIO

CONSELHOS À MINHA FILHA

Edição com texto integral. Inclui notas explicativas para os termos não usuais.

BIBLIOTECA LUSO-BRASILEIRA

Copyright desta edição © 2024 by Edipro Edições Profissionais Ltda.

Opúsculo humanitário. Publicado pela primeira vez em 1853.

Conselhos à minha filha. Publicado pela primeira vez em 1842.

Extraídos da 1ª edição e adaptados à nova ortografia brasileira.

Todos os direitos reservados. Nenhuma parte deste livro poderá ser reproduzida ou transmitida de qualquer forma ou por quaisquer meios, eletrônicos ou mecânicos, incluindo fotocópia, gravação ou qualquer sistema de armazenamento e recuperação de informações, sem permissão por escrito do editor.

Grafia conforme o novo Acordo Ortográfico da Língua Portuguesa.

1ª edição, 2ª reimpressão 2025.

Editores: Jair Lot Vieira e Maíra Lot Vieira Micales
Produção editorial: Richard Sanches
Edição de textos: Marta Almeida de Sá
Assistente editorial: Thiago Santos
Preparação de texto: Thiago de Christo
Revisão: Tatiana Tanaka Dohe
Diagramação: Mioloteca
Capa: Ana Luísa Regis Segala

Dados Internacionais de Catalogação na Publicação (CIP)
(Câmara Brasileira do Livro, SP, Brasil)

Floresta, Nísia, 1810-1885.

Opúsculo humanitário / Conselhos à minha filha / Nísia Floresta – 1. ed. – São Paulo : Via Leitura, 2024.

Títulos originais: Opúsculo humanitário / Conselhos à minha filha

ISBN 978-65-87034-52-2 (impresso)
ISBN 978-65-87034-53-9 (e-pub)

1. Feminismo – Brasil 2. Mulheres – Educação – Brasil I. Título. II. Série.

24-198002   CDD-371.822

Índices para catálogo sistemático:
1. Mulheres : Educação : 371.822

Aline Graziele Benitez – Bibliotecária
– CRB-1/3129

São Paulo: (11) 3107-7050 • Bauru: (14) 3234-4121
www.vialeitura.com.br • edipro@edipro.com.br
[f] @editoraedipro   [ig] @editoraedipro

O livro é a porta que se abre para a realização do homem.
Jair Lot Vieira

NÍSIA FLORESTA

OPÚSCULO HUMANITÁRIO

CONSELHOS À MINHA FILHA

VIALEITURA

SUMÁRIO

Opúsculo humanitário 7

Conselhos à minha filha 111

OPÚSCULO HUMANITÁRIO

A meu querido irmão, Joaquim Pinto Brasil

Tu, cujo espírito superior distingue, aquilata e deplora os erros que por aí se preconizam, e, apoiado à coluna da filosofia, vê em silêncio passar as legiões de combatentes e combatidos das ideias que vogam; tu, cujo bom senso, fugindo à inconstante atmosfera política que tanto faz variar os homens, continua enérgico e perseverante na onerosa e nobre carreira que ambos encetamos lá desde o albor[1] da juventude; tu, digo, compreenderás, lendo estes reflexos de um coração sempre dedicado à educação de nossa mocidade, o interesse que ela me inspira ainda lutando com o mal físico que me oprime, depois de minha volta da Europa.

Aceita pois este imperfeito trabalho meu, a dá-lhe um dia, tu que és pai de sete filhos e diriges uma porção dessa mocidade, o desenvolvimento que julgares merecer o objeto que o inspirou a

Tua amiga da infância

B. A.[2]

---

1. Albor: primeira luz da manhã; aqui, no sentido figurado, princípio, início.
2. B. A.: abreviação de "Brasileira Augusta", um dos pseudônimos da autora. (N.E.)

1

Enquanto pelo Velho e Novo Mundo vai ressoando o brado — emancipação da mulher — nossa débil voz se levanta, na capital do império de Santa Cruz, clamando — educai as mulheres!

Povos do Brasil, que vos dizeis civilizados! Governo, que vos dizeis liberal! Onde está a doação mais importante dessa civilização, desse liberalismo?

Em todos os tempos, e em todas as nações do mundo, a educação da mulher foi sempre um dos mais salientes característicos da civilização dos povos. Na Ásia, esse berço maravilhoso do gênero humano e da filosofia, a mulher foi sempre considerada como um instrumento do prazer material do homem, ou como sua mais submissa escrava: assim, os seus povos, mesmo aqueles que atingiram ao mais alto grau de glória, tais como os babilônios, ostentando aos olhos das antigas gerações suas admiráveis muralhas, seus suspensos e soberbos jardins, suas colunatas de pórfiro, seus templos de jaspe, com zimbórios de pedras preciosas elevando-se às nuvens, obras que até hoje não têm podido ser imitadas; esses povos tão poderosos, dizemos, permaneceram sempre em profunda ignorância dessa civilização, que só podia ser transmitida ao mundo pela emancipação da mulher, não conforme o filosofismo dos socialistas, mas como a compreendeu a sabedoria Divina, elevando até a si a mulher, quando encarnou em seu seio o Redentor do mundo.

As Déboras, as Semíramis, as Judiths se mostraram embalde,[3] atestando aquela a graça de que a tocara Deus, permitindo-lhe revelar aos homens alguns de seus mistérios; estas, uma razão esclarecida, uma coragem rara, que provavam já então não ser a mulher somente destinada a guardar os rebanhos, a preparar a comida, e a dar à luz a sua posteridade.

---

3. Embalde: sem resultado, em vão.

II

O Egito, com as suas maravilhosas pirâmides, e todos os admiráveis monumentos, com que o enriqueceram os faraós, os Ptolomeus, e o seu mais famigerado conquistador Sesóstris, cujas proezas encheram seu século de assombro e os povos de terror, imitou com o resto da África toda a Ásia na apreciação da mulher. Também o Egito jazeu sempre submergido, apesar da profunda sabedoria de seus sacerdotes, em completa ignorância a respeito da educação que convém à mulher. Seus hieroglíficos, suas curiosas múmias, e todos os fragmentos de sua admirável e extinta grandeza, e conhecimentos, que os sábios arqueólogos modernos com tanta perseverança estudam, não revelam que a inteligência da mulher fosse aí devidamente cultivada.

A beleza física, entre esses povos, era o único mérito real da mulher; e ainda assim aquela que a possuía entrava em concorrência com outras, e devorava depois, como nos tempos presentes, torturantes amarguras no fundo dos serralhos e dos haréns! Essa nobre porção da humanidade ainda é hoje, para opróbrio[4] daqueles povos, sujeita à aviltante lei da poligamia!

Os Ciros, os Nabucodonosores, os Xerxes, os Alexandres, os Darios, etc., que tiveram o poder de assolar e subjugar com seus numerosos exércitos tantas nações diversas, não compreendiam em seu furor de conquista que, conservando no embrutecimento o sexo que os alimentara, privavam-se de maior glória do que a que lhes davam suas armas!

Na Pérsia a sabedoria dos magos; na Índia os princípios contidos nos Vedas e explicados por Dyaimine, e depois por Vyasa da segunda escola Mimansa, ou filosofia vedanta, os profetas mesmo, anunciando por toda a parte aos homens a palavra de Deus, nada fizeram para melhorar a condição da mulher.

Enquanto estes últimos exortavam os reis e os povos a armar-se para castigarem outros reis e outros povos, ou lhes prediziam a destruição dos impérios a fim de abater-lhes o orgulho, olvidavam que a sabedoria do Eterno, na última de suas criações, quando formou a admirável máquina do universo harmonizando todas as suas partes

---

4. Opróbrio: aquilo que desonra.

entre si, deu ao par ditoso, que devia ser o tronco do gênero humano, o mesmo sentir, a mesma inteligência, as mesmas prerrogativas.

O homem, ainda semisselvagem, arrogou a si a preeminência da força física; e tudo lhe foi submetido, a moral, assim como a inteligência da mulher, que ele quis permanecesse sempre inculta, para que mais facilmente desempenhasse a humilhante missão a que a destinava.

III

Levantou-se então no horizonte da Europa aquele brilhante meteoro, que surpreendeu, deslumbrou o mundo com as luzes que despedia de seu foco. A Grécia teve leis mais brandas. Sólon, mais sábio legislador que os sábios do Oriente, e menos severo que Licurgo, foi o primeiro que melhor soube harmonizar os interesses da pátria com as vantagens da civilização.

Depois dele muitos sábios ilustraram essa pátria, que Homero, Sócrates, Aristóteles e Platão imortalizaram; o primeiro por suas inimitáveis poesias, o segundo pelo amor da sabedoria, pela qual morreu instruindo os homens, os últimos pelo grande desenvolvimento que deram à filosofia socrática, apresentando em resultado os dois grandes sistemas, que esses mais belos gênios do maior século da filosofia grega elevaram à mais alta potência, sem o caráter exclusivo que alguns filósofos lhes imputaram.

Algumas mulheres apareceram na Grécia tais como Aspásia, mestra do filósofo mártir, Safo, Periccione, Telesilla e outras, cujo espírito, enriquecido dos mais variados e profundos conhecimentos, lhes atraiu a admiração da posteridade.

Os costumes da Grécia adoçaram-se, a mulher já não era ali um instrumento só de prazeres vãos e materiais; ela associou-se aos trabalhos do espírito, que ocupavam os homens, e a civilização da Grécia apresentou-se sem rival ao mundo inteiro.

Mas a Trindade, anunciada entre todos os povos debaixo dos diversos símbolos, não se tinha manifestado ainda nos homens no mais admirável e paternal sacrifício do Regenerador da humanidade. O brilhante facho do cristianismo não havia ainda baixado à terra!

Os gregos, cultivando a sua inteligência, o atingindo à perfeição, que os modernos tanto se têm esforçado por imitar, tropeçaram, entretanto, nas trevas do paganismo e, como os mais adiantados povos do Oriente, grosseiros erros cometeram...

A inteligência da mulher, conquistando a ciência, começava a distinguir-se, mas faltava-lhe o tipo da mulher cristã; sua mais nobre missão não podia ser ainda cumprida na Terra.

O mesmo aconteceu depois entre o mais bélico povo da Antiguidade, cujo nome bastava para fazer tremer os outros povos!

IV

As mulheres romanas assinalaram-se por heroicas virtudes, de que as mulheres modernas não têm dado ainda, como elas, exemplos; porém, déspotas tais como os romanos não podiam compreender e ministrar à mulher a educação que lhe convém. Os déspotas querem escravos que se submetam humilde e cegamente à execução de suas vontades, e não inteligências que se oponham a elas e ensinem aos povos a sacudir o seu jugo. Fácil lhes foi pois deixarem na ignorância essa parte da humanidade, a quem Deus em sua paternal previdência aquinhoou de maior porção de bondade e doçura.

O egoísmo desse grande povo a respeito do sexo revela-se autenticamente em duas palavras do sábio e austero Catão. Esse oráculo disse:

> Tratemos as mulheres como nossas iguais, e, para logo, elas tornar-se-ão nossas senhoras, e exigirão como tributo o que hoje recebem como uma graça.

Infeliz Catão! Pensando assim da mulher, bem longe estavas de prever o leito de desesperação, que em Útica te preparavam os profundos desgostos causados pelos ambiciosos, inimigos de teus austeros princípios, a quem, como a ti, faltaram desde a infância esses anjos de paz, que tão salutar poder exerceram sobre os destinos dos homens, se os homens soubessem compreender bem sua grande missão na sociedade!

Nesse terrível momento em que o estoico republicano, perdendo toda a esperança de libertar a pátria e não querendo dever a vida ao tirano, que detestava, rasgou suas próprias entranhas, depois de ter lido o *Diálogo* do sublime Platão sobre a imortalidade d'alma, nem ao menos pensou que, se uma mãe religiosa e esclarecida lhe tivesse dirigido os primeiros passos na vida, talvez tivesse lhe feito melhor uso de suas virtudes e da leitura daquele admirável escrito!

Assim a orgulhosa Roma, apresentando nos fastos[5] de sua história os pacíficos Numas, adoçando por suas instituições religiosas a natural ferocidade dos romanos; os Brutos crendo servir à república por um furor, que enluta a natureza; os Césares subjugando o mundo pelo poder de suas armas, sempre vitoriosas; os Cíceros, extasiando os povos por sua eloquência, julgavam-se quites para com a mulher unindo a esses nomes os das Lucrécias, das Cornélias, das Vetúrias, etc.

A detestável Fúlvia, picando com um alfinete a língua do mais ilustre orador romano, não seria antes para vingar o sexo, cuja condição aquela grande eloquência nunca procurou melhorar, do que para satisfazer o furor que se lhe atribui pelas *Filípicas* publicadas pelo célebre escritor? E essa ação horrorosamente repugnante, sobretudo em uma mulher, não lança como que um espesso véu sobre as severas virtudes daquelas respeitáveis matronas? Em uma sociedade em que a educação e o espírito das mulheres fossem rigorosamente cultivados, poderiam aparecer monstros tais como as Messalinas, as Túlias, as Agripinas?

V

É uma verdade incontestável que a educação da mulher muita influência teve sempre sobre a moralidade dos povos, e que o lugar que ela ocupa entre eles é o barômetro que indica os progressos de sua civilização.

Entre os bárbaros do norte, e os selvagens da América e da Oceania, que papel representou e representa ainda a mulher, principalmente nas duas últimas regiões?!

---

5. Fastos: registros públicos de obras e fatos memoráveis.

A fé, que muito humilhante seria para uma mulher dizê-lo...

Aqueles que têm viajado por esses países, ou lido a narração que de seus povos fazem verídicos historiadores, lamentam tanta degradação da espécie humana!!

Deixaremos em silêncio a sorte da mulher da Europa na Idade Média, sob os Clóvis, Carlos Magno, Othon, o Grande, Godofredo de Bouillon, Rodolpho de Habsburgo e Mahomet II, vencedor de Constantino XII, último imperador grego, com o qual acabou o império cristão de Bizâncio, para dar lugar, entre as monarquias europeias, à primeira monarquia otomana.

Os cruzados, trazendo à sociedade ocidental o desenvolvimento da navegação, da indústria, das artes, das ciências, e as línguas, que lhes foi preciso aprender para estabelecerem uma comunidade de ideias entre os povos do gênio, as línguas diversas, preparando-lhe assim a época da renascença, em que a Itália e depois a França tanto brilharam, nenhum melhoramento fizeram na sorte da mulher.

À voz dos Pedro Eremita, Urbano II, São Bernardo, etc. corriam os reis e os povos cristãos à longínqua Palestina, para libertar os lugares santificados pelo Cristo, enquanto deixavam por libertar de férrea educação as mulheres, que Deus havia tão altamente enobrecido na Divina Mãe do mesmo Cristo!

Quanto sangue derramou a humanidade! Quantas vítimas sacrificadas sem nenhum resultado para ela! Que aberração enfim do espírito do cristianismo!...

Mas era então assim que compreendiam a sua missão na Terra os grandes senhores do Ocidente, longe ou dentro de seus suntuosos e sombrios castelos, cujo eco nos repetem ainda as legendas desses tempos!

No Oriente, as ciências e as artes fugiam espavoridas do solo, que sanguinolentas guerras devastavam.

A Grécia esclarecida havia desaparecido; e povos bárbaros, ou reis fanáticos profanavam o alcáçar[6] das letras.

Aos filósofos, que encheram o mundo de admiração por sua sabedoria e pela beleza de seus escritos, sucederam imperadores tais,

---

6. Alcáçar: fortaleza, castelo fortificado; habitação imponente.

como Miguel, o Gago, que não sabendo ler, proibiu se ensinasse a ler às crianças; e Miguel III, que minado de vergonhosos vícios, e desprezando como os seus antecessores a educação da mulher, mandara construir para os seus cavalos, que ele amava mais que a seus súditos, uma cavalharice,[7] cujas paredes eram encrustadas de pórfido.[8]

O espírito das Annas Comnenas despontava nessas regiões, manchadas por toda a sorte de crimes, como desponta em noite tenebrosa o clarão de uma estrela, que brilha a furto no espaço.

A caridade, virtude personificada no sexo pela mãe do Redentor do mundo, e o heroísmo com que algumas santas mulheres suportavam o martírio, na esperança de uma vida melhor, podiam então somente consolar a mulher cristã. Feliz aquela que de fato o era, porque achava na fé, essa luz divina que nos esclarece a alma, um poderoso antídoto contra a degeneração do homem, e um porto seguro de salvação!

Enquanto a civilização dormitava sob o anticristão e nunca assaz detestável regime feudal, que oprimia cruelmente as mulheres, e as cruentas guerras da religião proporcionavam ao feroz instinto de uma o sanguinolento e bárbaro triunfo da horrorosa noite de *São Bartolomeu*, o mais funesto de todos os erros, o fanatismo, vomitava na Espanha e em Portugal o monstruoso flagelo, que tem jamais oprimido a humanidade!!

O tremendo tribunal do *Santo Ofício*, esse vergonhoso parto dos tempos modernos do cristianismo, tão fatal aos progressos da civilização, não queria encontrar nas vítimas, que imolava, a moral esclarecida, a virtude obstinada das Bororquias!

Assim a educação da mulher ficou estacionária, principalmente nesses países, que a natureza enriqueceu de seus mais belos dons.

VI

Lancemos agora os olhos sobre as três grandes nações da Europa moderna e os Estados Unidos, em nossos dias; vejamos se podemos aí

---

7. Cavalharice: o mesmo que cavalariça.
8. Pórfido: tipo de mármore muito rígido com coloração esverdeada ou purpúrea e manchas de várias cores.

encontrar alguma consolação à lembrança do quadro aflitivo, que da mulher nos apresentam os tempos, que felizmente lá vão longe para nós!

A Alemanha, esse país clássico das ideias e da reflexão, é também o país por excelência nos respeitos tributados à mulher.

A moralidade sentimental, cujo nome e ideia só existem na Alemanha, constituindo a sensibilidade um dever, não podia deixar de produzir ali os mais salutares efeitos no sexo, que possui incontestavelmente maior soma dessa faculdade.

Os alemães, mais entusiásticos que fanáticos, mais pensadores que galantes, concederam à mulher privilégios reais, baseados na educação sólida desse povo por demais profundo e morigerado, para compreender toda a importância da mãe de famílias, da matrona esclarecida edificando os filhos e o sexo com exemplos de uma sã moral, derramando em torno deles as luzes de um espírito reto e superior, os efeitos de um coração bem-formado e generoso.

O legislador alemão, quando estabeleceu no casamento a igualdade entre os sexos, compreendeu, melhor que nenhum outro, a sabedoria do Eterno, doando ao homem e à mulher a mesma inteligência.

Uma das duas primeiras escritoras francesas de nosso século, Madame de Staël, atribui à facilidade do divórcio entre os alemães a introdução nas famílias de *uma sorte de anarquia, que nada deixa subsistir em sua verdade, nem em sua força.*

A ilustre escritora, a cujo talento rendemos sempre a mais profunda homenagem, escrevendo essas linhas, abstraiu sem dúvida da anarquia de outra espécie, e até certo ponto muito mais perigosa, que lavra pelo centro das famílias de sua nação, a despeito da doutrina dos grandes pensadores, Montesquieu, Rousseau, Voltaire e Diderot, combatida depois pelos dois eminentes espíritos Condorcet e Sieyès, cujas vozes foram sufocadas pelos três fortes órgãos do século XVIII, Mirabeau, Danton e Robespierre.

Os alemães, baseando a sua felicidade doméstica na moral esclarecida de suas mulheres, antes que em um jugo imposto pela lei, as subtraem, em geral, ao conhecimento de estratagemas, que certas mulheres do sul sabem com raro talento empregar para triunfar em segredo desse jugo, a que parecem em público submeter-se com grande satisfação.

Quantas vezes temos nós visto os homens do sul, que mais inexoravelmente exprobram a instrução e a liberdade, de que gozam as mulheres do norte, serem vítimas do capricho, ou da dissolução, resultado quase sempre infalível da ignorância e educação estacionárias das suas!

Deixemo-los expiar suas crenças a respeito da mulher, e sem contestarmos a opinião da ilustre escritora francesa, cujo coração mais de uma vez contraiu-se sob a influência dos princípios dos homens de sua pátria, tão diametralmente opostos aos que ela censurava, continuaremos a demonstrar a influência que tem a educação das mulheres sobre a moralidade e civilização dos povos.

VII

A Alemanha é um exemplo que comprova esta asserção.

A mulher germânica teve sempre grandes vantagens sobre as mulheres antigas e modernas.

Chateaubriand, em uma das suas obras, faz o seu elogio, e o célebre autor do *Gênio do cristianismo* não pode ser um juiz suspeito.

Em nenhuma outra nação, o sentimento maternal, essa centelha divina, apresentou exemplos mais tocantes do que na Germânia; assim também a ternura filial, caracterizada, entre outros, no barão Cronegk, poeta que, pela suavidade de seus versos, foi intitulado o Young alemão. Deveu ele a melhor parte de sua educação a sua mãe, mulher verdadeiramente germânica, a cuja perda sucumbiu, na idade de 26 anos, depois de ter consagrado à sua memória os *Cantos das solidões*, seu último poema.

É ainda na Alemanha que se encontra o verdadeiro tipo do espírito de família, e do respeito tributado à velhice tão rigorosamente exercido pelos espartanos, tão menoscabado nas gerações presentes do sul.

Foi uma mulher germânica, o patriarca feminino, que mais importância teve na grande emigração. A história moderna não apresenta um homem cuja eloquência iguale à que ela desenvolveu então.

Na época mais notável da história dessa nação, no momento supremo da emigração, ela levantou-se na assembleia, e arengou ao povo para que deixasse o seu país e fosse conquistar uma nova pátria. O povo germânico, ainda bárbaro, conservava mais que os gregos e os romanos o respeito e o amor pela família.

A diferença entre o respeito pela avó, e a veneração pela mulher, nas raças teutônicas, e nas raças greco-latinas, sobressai ainda hoje nos povos que delas descendem. Estes princípios foram de tal sorte infiltrados no coração e no espírito da mocidade que, apesar da degeneração dessas raças, e do filosofismo que contaminou o século XVIII, ainda constitui atualmente a superioridade da educação do homem do norte sobre a educação do homem do sul.

As mulheres deviam naturalmente participar dessa salutar influência, e serem, portanto, o que na realidade são; melhores esposas, melhores mães, pensadoras mais profundas, mulheres mais completamente educadas do que o são em geral as mulheres do sul.

Na pátria dos Leibnitz, Kant, Klopstock, Goethe e Humboldt, essa terra que, pelo alto grau a que os seus nacionais têm levado o estudo e a meditação, é justamente denominada a pátria do pensamento; a parte da humanidade que nutre em seu seio, e guia depois os primeiros passos da outra, foi e é ainda considerada como devidamente o merece.

Também é a Alemanha a terra por excelência de um povo viril, franco, honesto e virtuoso.

VIII

A Grã-Bretanha, marchando à frente de todas as nações pela sua força material, marcha igualmente em primeira ordem na civilização europeia. Devendo todas as vantagens de que goza, tanto ao seu grandioso comércio, como à estima pelas ciências e letras, ela não tem negligenciado a educação da mulher e o cultivo de sua inteligência.

O povo inglês, entre o qual existe menos influência das castas privilegiadas, mais espírito de ordem, mais atividade e mais convicção de seus próprios direitos, não podia deixar de facultar à mulher a liberdade e os meios do segui-lo nos progressos da civilização moderna.

O sexo a que pertencia aquela que, segundo a expressão de Voltaire, a Europa contava na ordem de seus maiores homens, Elizabeth, a cujo gênio deveu a Inglaterra a elevação de sua marinha, fazendo-a rivalizar com as de Holanda, de Gênova e de Veneza, então no apogeu de sua glória, o princípio do seu comércio nas Índias Orientais, Pérsia, Rússia e América, o grande desenvolvimento de sua literatura, com Bacon, Raleigh e Shakespeare, e o aperfeiçoamento de sua língua, tinha por, sem dúvida, incontestáveis direitos a essa consideração da parte de seus concidadãos.

Demais, mulheres que têm de participar da sorte de um povo que reúne as duas maiores potências — a força e o querer, ao mais acrisolado critério, quando se trata de empregar os seus recursos para sustentar a própria dignidade, ou para consolidar os seus interesses, assim materiais como morais, mereciam receber a educação que as distingue, e cujos felizes resultados convergem todos para o engrandecimento de sua nação.

A mulher inglesa, educada nos severos princípios de uma sã e esclarecida moral, dá provas desde sua mais tenra mocidade de uma discrição e modesta altivez, que as mulheres das outras nações não lhe podem disputar. Gravando-se-lhe no espírito, quase logo ao sair do berço, a consciência de sua própria dignidade, ela compreende muito cedo a nobreza do sexo a que pertence e a importância do cumprimento de seus deveres.

Sem os *argos*, que velam constantemente sobre as donzelas de quase todas as outras nações, a donzela inglesa sabe impor, ainda ao mais dissoluto, o decoro, que lhe é devido. A sólida educação, que lhe é ministrada, servindo-lhe de égide, a subtrai à humilhação de uma vigilância que degrada a mulher, porque faz pensar ser-lhe necessário um guarda para que ela permaneça pura!

Assim também, compreendendo melhor que as suas ilustradas vizinhas do Continente a importância dos sagrados deveres de esposa e de mãe, a mulher inglesa não vê, como geralmente aquelas, no casamento um estado que as liberta do jugo de solteira, e lhes permite uma liberdade, de que nem sempre fazem bom uso. Pelo contrário, é neste novo estado que começa para ela a prática de todas as virtudes da vida doméstica. Pode dizer-se que o primeiro dever maternal e inato à mulher inglesa, a quem, a civilização nada tendo feito perder do sentimento que o ordena, não foi necessário um *Emílio* de Rousseau para indicar-lho.

A donzela e a esposa representam, em França e Inglaterra, um papel diametralmente oposto no seu respectivo estado, e é ainda só à educação eminentemente religiosa da mocidade inglesa que se deve atribuir essa grande diferença. Além disso, o espírito do galanteio que caracteriza os homens da primeira nação, sendo estranho aos da segunda, as mulheres inglesas têm a vantagem de respirar desde os seus primeiros anos na atmosfera da sinceridade, que com o sentimento de independência forma o principal caráter de sua nação.

IX

Da mesma sorte que a Inglaterra é o modelo da religião, do comércio e da liberdade, as suas mulheres o são das virtudes domésticas e da nobre altivez de seu sexo. Modernas gregas e romanas na beleza e na severa continência, elas são superiores às primeiras pela morigeração[9] dos seus costumes, e às segundas pela instrução de seu espírito.

A educação da mulher inglesa é, como a liberdade política dos ingleses, fundada em sua moral: e assim como a verdadeira base de um governo é a liberdade política, conforme observa o ilustre autor do *Espírito das Leis*, assim também a religião deve ser a base da educação da mulher.

O povo inglês compreendeu, e mais que nenhum outro demonstra praticamente, esta verdade; daí a causa primária das vantagens de sua educação sobre a dos outros povos.

A maior parte de suas grandes escritoras tem feito sobressair em suas obras a moral dessa religião inoculada em sua alma; deste número são, entre outras, senhora *Inchbald*, cuja conduta honrosa, em uma profissão rodeada de perigos, dá uma nova autoridade a seus escritos, e os torna recomendáveis.

Miss *Maria Edgeworth*, cujo grande mérito consiste em sua moral doce e agradável.

"É impossível ler", diz um crítico da *Revista d'Edimburgo*,

> dez páginas de seus escritos sem se ficar persuadido de que eles tendem a tornar melhor, e não só a corrigir fatais erros, prejuízos funestos à felicidade, mas ainda a inculcar a virtude e a bondade, apresentando-as sob os mais persuasivos e familiares aspectos.

---

9. Morigeração: boa educação, bons modos; o ensino de bons costumes; o próprio incentivo à educação para a moderação.

Miss *Jane Austin*,[10] de uma intenção moral menos elevada talvez, porém mais eficaz que a de Miss *Edgeworth*: a profunda delicadeza de sentimentos desta escritora é o predicado ordinário das mulheres.

Mrs. *Elizabeth Hamilton*, que foi a primeira a pintar justa e vivamente a vida das classes baixas da Escócia.

E Mrs. *Hannah More*, que continua a classe notável de moralistas femininos. Aos 17 anos era ela já autora, e sua principal obra — *Coelebs em busca de uma esposa* — mostra as disposições, os costumes, os princípios que podem assegurar a felicidade doméstica.

X

Os dois grandes admiradores da constituição inglesa, e dos costumes da Inglaterra, Voltaire e Montesquieu, nas brilhantes páginas que escreveram a respeito, não quiseram dar uma prova de imparcialidade atribuindo também à influência da educação da mulher o engrandecimento daquele povo.

Mas todos conhecem a opinião desses dois célebres escritores, de moral e crenças diversas, a respeito do sexo. O primeiro assinala esta opinião nos sarcasmos contra todas as mulheres, com os quais julgava punir aquela que lhe havia consagrado a vida; o segundo nas linhas seguintes, contidas em seu admirável livro do *Espírito das Leis*:

> *La nature, qui a distingué les hommes par la force et par la raison, n'a mis à leur pouvoir de terme que celui de cette force et de cette raison. Elle a donné aux femmes les agréments, et a voulu que leur ascendant finit avec ces agréments.*[11]

O virtuoso Montesquieu, pensando assim da mulher, autorizava ao degenerado espiritualista Rousseau, quando disse:

---

10. Aqui há um erro de grafia no original da autora, que certamente se refere à escritora Jane Austen (1775-1817). (N.E.)

11. "A natureza, que distinguiu os homens com a força e a razão, não deixou em poder destes outro limite senão o desta força e desta razão. Concedeu às mulheres os atrativos e quis que seu ascendente findasse com seus atrativos; nos países quentes, contudo, tais atrativos apenas se apresentam no início, e nunca no desenrolar da vida das mulheres." (Montesquieu. *O espírito das leis*. Trad. Edson Bini. São Paulo: Edipro, 2023, p. 295.) (N.E.)

> *La femme est faite spécialement pour plaire à l'homme; si l'homme doit lui plaire a son tour, c'est d'une nécessité moins directe son mérite est dans sa puissance; il plaît par cela seul qu'il est fort.*[12]

Quanto a Montesquieu, lastimamos, sem admirar, um tal desvio da justa apreciação da mulher, porque estamos habituados a ver, na história de todos os povos, eminentes capacidades, como o ilustre escritor, caírem no mesmo erro quando tratam dela.

Do autor do *Contrato social*, cujas obras mereceram tanta consideração dos homens pensadores, julgamos que não podia ele melhor descrever a mulher no estado selvagem de que foi tão grande apologista.

Anteporemos, entretanto, àquelas linhas suas já citadas a observação seguinte do muito espirituoso e distinto literato Philarètte Chasles:

> *La femme n'est rien pour le sauvage; esclave au commencement de la civilisation, elle acquiert ses droits et sa valeur en parcourant les degrés successifs qui effacent la tyrannie de la force physique et font régner l'intelligence.*[13]

Mas deixemos a Wollstonecraft, Condorcet, Sieyès, Legouvé, etc. a defesa dos direitos do sexo; a nossa tarefa é outra, e cremos que mais conveniente será às sociedades modernas: a educação da mulher.

XI

A França, essa fagueira região dos belos espíritos, onde todas as fisionomias sorriem ao estrangeiro, e a afabilidade da mais acessível civilização o acolhe e o consola das saudades da pátria, esse viveiro

---

12. "[…] a mulher é especialmente feita para agradar ao homem; se o homem deve, por sua vez, lhe agradar, trata-se de uma necessidade menos direta; seu mérito está na potência; agrada unicamente pelo fato de ser forte." (Jean-Jacques Rousseau. *Emílio, ou Da educação*. Trad. Laurent de Saes. São Paulo: Edipro, 2017, p, 416.) (N.E.)
13. "A mulher não é nada para o selvagem; escrava no início da civilização, ela adquire seus direitos e seu valor ao percorrer os sucessivos degraus que extinguem a tirania da força física e estabelecem a supremacia da inteligência." (Philarète Chasles. "Les Américains en Europe et les Européens aux États-Unis". *Revue des Deux Mondes*, tomo 1, 1843, p. 455. Tradução nossa.) (N.E.)

moderno de grandes notabilidades em todas as ciências e artes, não tem chegado ao apogeu da glória de ser o centro luminoso, donde se desprendem as brilhantes centelhas que vão esclarecendo os demais povos na marcha progressiva das ideias, senão porque a mulher é ali admitida de comum com os homens a cultivar a sua inteligência.

Se a severidade de uma página da legislação francesa exclui a mulher da supremacia de que gozam as mulheres das duas nações de que falamos ultimamente, o império do espírito, em cujo trono ela se assenta como absoluta soberana, prodigamente a indeniza dessa parcialidade, depondo em suas mãos, como por vezes tem acontecido de uma maneira indireta, os destinos dessa bela nação. E o mundo tem visto se as Poitiers, as Médicis, as D'Estrées, as Pompadour, etc., e as virtuosas Maintenon, Antoinette e Adelaide, esclarecida conselheira de Luís Filipe, têm dirigido, mais que os reis, o governo da França.

A mulher francesa reina de fato pelo espírito, e muitas vezes mais plenamente que as soberanas de direito sobre os outros povos.

Sem embargo de todos os antagonistas do desenvolvimento intelectual da mulher, entre os quais tão despoticamente sobressai a célebre Córsego, acérrimo[14] inimigo da superioridade do espírito feminino, a França esclarecida compreendeu a distância que mediava dela à França feudal, e as luzes das ciências espalharam-se por todas as inteligências, sem distinção de sexo nem de classes.

Depois que Descartes abriu à filosofia uma nova era, e os homens do progresso, afrontando doutrinas retrógradas, caminham avante na grande obra do aperfeiçoamento da sociedade moderna, a mulher francesa não se limitou somente aos exemplos da coragem, que deu a Joanna d'Arc a glória de libertar a pátria do poder dos ingleses, e segurou o punhal na mão de Carlota Corday para expurgar dela o sanguinário Marat. Outras virtudes, outros triunfos mais dignos da mulher, obtêm e distinguem as francesas de nossos dias.

As afetuosas páginas, inspiradas pelo amor maternal da sensível Sévigné, fizeram brotar em mais de um coração feminino sazonados frutos com que muitas de suas conterrâneas alimentaram o espírito da mocidade de seu sexo.

---

14. Acérrimo: obstinado, decidido.

Além de outras, madames Maintenon, Genlis e Campan concorreram por seus dedicados desvelos e preciosos escritos para o desenvolvimento da educação, que Saussure, Tastu, Guizot, etc., mulheres todas notáveis pelos seus talentos e virtudes, têm melhor adaptado à civilização moderna.

XII

Como a Inglaterra, a França apresenta grande número de mulheres moralistas, poetas e escritoras em todos os gêneros, procedentes das diversas classes da sociedade: nobre, burguesa, operária, todas têm fornecido autoras mais ou menos distintas pelos seus trabalhos, na grande obra da civilização.

Apresentaremos, porém, as duas escritoras que sobressaem a todas, pela fertilidade e solidez de seu espírito, como uma prova de que a educação moral deve ser, como já temos observado, a base de toda a instrução da mulher, a fim de que ela não se desvie da senda das virtudes que a farão sair vitoriosa do labirinto da vida, onde tem de lutar com o monstro da sedução.

Staël e George Sand, de condições e caracteres diferentes, chegaram ambas por diversos caminhos ao pináculo da glória literária. O mérito da primeira atraiu ainda em 1850, tantos anos depois de sua morte, a ilustrada corporação do Instituto de França, a consagrar uma de suas sessões ao seu elogio. A segunda já é denominada — a primeira escritora do século.

A pena de ouro que escreveu *Lélia*, a mais sublime de suas concepções, repousou compondo os seis dramas morais, que fizeram reviver na cena de Paris os símplices[15] costumes rurais, e perdoar à sua autora alguns de seus escritos julgados pelos severos moralistas por demais livres.

Se com tão transcendente talento a educação de madame de Staël tivesse sido ministrada a George Sand, ter-se-ia esta deslizado da conduta circunspecta, que constitui primeiro mérito da mulher? Não, por

---

15. Símplice: simples.

certo, e aquela cujos escritos atraem a admiração do mundo literato faria brilhar por entre a coroa de imortalidade, que lhe cinge já a fronte, a mais preciosa de todas as pérolas, que lhe falta, e que somente a educação religiosa pode oferecer à mulher.

Assim, é quase sempre da educação que nascem os desvarios, os erros, alguma vez os crimes, que ofuscam as qualidades do espírito, mancham a vida da mulher e a tornam bem vezes infeliz, ainda quando rodeada da fascinadora auréola da fortuna.

Dê-se ao sexo uma educação religiosamente moral, desvie-se dele todos os perniciosos exemplos que tendem a corromper-lhe, desde a infância, o espírito em vez de formá-lo à virtude, adornem-lhe a inteligência de úteis conhecimentos e a mulher será não somente o que ela deve ser — o modelo da família —, mas ainda saberá conservar dignidade, em qualquer posição em que porventura a sorte a colocar.

Quando o grande herói do século XIX, fazendo revolver o mundo e curvar ao seu despotismo as cabeças coroadas da Europa, temeu a influência de uma mulher e a desterrou em Coppet; essa mulher achou em seu espírito assaz de recursos para suportar o exílio, e em sua dignidade assaz de energia para recusar-se depois ao seu chamado.

Essa grande potência, perante quem tudo se curvava, teve que devorar a recusa de uma mulher, cujo mérito havia a princípio desdenhado. Napoleão ignorava, como diz Chateaubriand, que *o verdadeiro talento só no gênio reconhece Napoleões.*

Se muitas outras se não têm portado, em casos semelhantes, com a mesma dignidade e energia, é porque lhes faltam a educação e as luzes que ornavam o espírito da célebre filha de Necker.

XIII

Se considerarmos agora as mulheres da França sob o ponto de vista filantrópico, vê-las-emos derramando cada dia nas classes desvalidas o bálsamo salutar da beneficência.

A caridade, essa virtude sublime, que nunca é tão devidamente exercida como pela mão da mulher, tem no coração da francesa um templo, onde ela lhe queima o mais puro incenso.

Prescindindo dos inúmeros exemplos, que incessantemente apresentam desta verdade as associações femininas de beneficência, bastar-nos-á indicar as dignas irmãs de São Vicente de Paula.

Quem tem mais justos títulos à estima e veneração da sociedade do que essas admiráveis mulheres, de uma abnegação verdadeiramente cristã, separando-se de suas famílias, no centro das quais grande parte de entre elas gozava de todas as vantagens de uma vida cômoda e deliciosa, para dedicarem-se aos mais laboriosos e rudes trabalhos, socorrendo a humanidade sofredora?! Quem jamais, possuindo um coração sensível e a consciência do bem, viu essas sublimes mulheres, em rigorosa simplicidade, correrem de um a outro lado de Paris, ainda nos dias mais nervosos, em noites mais tenebrosas, nas ocasiões mais difíceis, em que a cólera dos povos reaparece vomitando a morte e a desolação, para acudirem aqui e ali aos infelizes que reclamam seus cuidados; ou deixarem a pátria e a comunicabilidade com aqueles que falam o seu idioma, para voar também a países longínquos, alguns mesmo selvagens, com o único fim de serem úteis ao seu semelhante?! Quem jamais, dizemos, viu com tanta dedicação à verdadeira prática dos preceitos do Homem Deus que não sentisse o desejo de ajoelhar-se perante essas virgens modelos, e adorá-las?

Talvez um sorriso de motejo[16] roce lábios ímpios de alguns dos que lerem a última linha que deixamos escrita!

Mas até quando a sociedade será de tal modo organizada que os homens espalhem flores aos pés e arrastem os carros das cantoras e dançarinas, para significar os seus triunfos, e deem um sorriso ou apenas uma fraca aprovação à virtude em toda a beleza de sua simplicidade?!

As irmãs da caridade, mulheres, pela maior parte, de uma grande instrução, bastariam para impor silêncio aos que pretendem (mesmo em França, no seio de sua sociedade ilustrada), que a instrução da mulher é mais prejudicial que útil! Jamais a instrução da mulher pode ser prejudicial, quando tem por base uma bem dirigida educação. E se esta regra apresenta exceção, como naturalmente deve, é ela tão diminuta que escapa à generalidade.

---

16. Motejo: zombaria.

Apesar do apreço que temos às mulheres das três últimas nações em que tão de passagem falamos, reconhecemos, todavia, que muito tem ainda a sociedade que fazer para que chegue ao aperfeiçoamento da educação, ali mesmo onde ela tão altamente sobressai à que recebem as mulheres dos outros países.

Assim, compartindo de coração as ideias a respeito da mulher do progressista e eloquente Júlio Michelet, concluiremos a nossa ligeira análise sobre elas citando uma de suas reflexões, que traz o selo do vivo entusiasmo de sua alma, impregnada do electrismo[17] de uma convicção a que se não pode resistir, quando uma vez se ouve a sua voz:

> *Philosophes, physiologistes, économistes, hommes d'État, nous savons tous que l'excellence de la race, la force du peuple, tient surtout au sort de la femme.*
>
> *Être aimée, enfanter, puis enfanter moralement, élever l'homme (ce temps barbare ne l'entend pas bien encore), voilà l'affaire de la femme. Fons omnium viventium! Qu'est-ce qu'on ajoutera à cette grande parole?...*[18]

XIV

Passemos à América, essa poderosa rainha que se apresenta por último no palco da civilização, grandiosamente ataviada[19] de todos os ricos dons da natureza e pulsando-lhe no peito um coração superabundante de nobres e virginais sentimentos.

Os naturais dos Estados Unidos, que com nobre orgulho arrogam-se o nome exclusivo de *americanos*, por serem os únicos de todo este vasto continente que têm até hoje sabido devidamente compreender

---

17. Electrismo: aqui utilizado no sentido figurado, de entusiasmo, exaltação.
18. "Filósofos, fisiologistas, economistas, homens de Estado, todos sabemos que a excelência da raça, a força do povo, reside principalmente no destino da mulher. Ser amada, gerar física e, depois, moralmente, criar o homem (esta época bárbara ainda não o compreende bem), eis o papel da mulher. *Fons omnium viventium!* [A fonte de todo ser vivo!] O que mais se pode acrescentar a essa grande afirmação?" (Jules Michelet. *Le Prêtre, la femme et la famille.* 8. ed. Paris: 1862, p. 345. Tradução nossa.) (N.E.)
19. Ataviada: ornada.

a grande missão a que está destinada esta parte do mundo, dão à mulher uma situação intermédia, na qual ela goza das vantagens da educação que herdou da metrópole, sem imitar os costumes aristocráticos da Europa.

Os prejuízos e afetação do *bom-tom* das velhas sociedades não têm podido ainda conseguir inocular-se no seu espírito eminentemente positivo.

Como tudo o que é novo e vigoroso, de uma origem boa e fecunda, o espírito anglo-americano tende a desenvolver as qualidades que lhe são inatas, em ordem a obter a realização das altas concepções do gênio europeu. Mas permanecendo fiéis aos sábios princípios do imortal Washington, os filhos da União distinguem-se de todos os povos civilizados, na preferência que sabem dar a tudo o que tem o cunho da verdade e do útil.

A fórmula não tem ainda um culto entre esse grande povo, e o que alguns franceses lhe notam de rigidez de princípios, levada às vezes até à grosseria, não é mais que a expressão da simplicidade e franqueza que constituem o caráter deste povo livre e independente. Grande diferença há entre a polidez dos franceses e a sequidão de maneiras que, em geral, conservam os americanos de seus antepassados.

Todos sabem que quanto mais ociosa é uma nação, tanto maior é o espírito de galanteio que a domina: os importantes trabalhos que ocupam os americanos do norte não lhes deixam tempo para a polidez dos franceses.

Assim, levam eles o amor do útil a tal ponto que, sendo a sua nação uma das que possuem maior número de escolas primárias e secundárias, de sociedades científicas e literárias, aprofundam somente as ciências de que podem tirar resultados aplicáveis ao engrandecimento do seu país.

XV

Já se vê, pois, que um tal povo não podia negligenciar os meios mais eficazes de colocar a mulher em um estado correspondente ao seu plano de prosperidade.

"Na América", diz F. Cooper,

> a mulher parece ocupar o seu verdadeiro lugar na ordem social, mesmo nas condições inferiores é ela tratada com as atenções e respeitos devidos aos seres que cremos depositários dos princípios mais puros de nossa natureza. Nos limites sagrados de sua esfera, ela está ao abrigo da corrupção que nasce de um comércio demasiadamente frequente com o mundo. É sempre a amiga de seu marido, algumas vezes seu conselheiro.

Outro escritor diz ainda:

> Em nenhuma parte a mulher é mais completamente a companheira do homem; em nenhuma parte é ela mais livre de dispor do seu coração e de sua mão; mas em parte alguma também ela tem um sentimento mais profundo de seus deveres, da santidade de sua missão providencial, quando transpõe o limiar da casa conjugal.

No momento em que escrevemos estas linhas, um precioso livro de uma americana do norte vem oferecer-nos uma amostra da educação e do desenvolvimento da inteligência de suas mulheres.

Mrs. Stowe é o verdadeiro tipo da americana e o mais perfeito modelo que se pode apresentar a todas as mulheres.

Educação religiosa e moral, espírito eminentemente cultivado, amor do trabalho, de que deu exuberantes provas desde sua primeira juventude, dirigindo com zelo e perseverança o ensino da mocidade, prática das virtudes domésticas no estado de esposa e de mãe, solidez de uma razão esclarecida, coragem heroica, de que deu exemplo publicando (em face dos terríveis abusos de uma lei, que nodoa sua nação, e que sua nação tolera ainda) um livro, em que a censura acremente[20] dessa imperdoável falta; tudo isto se reúne nesta admirável mulher, que acaba de conquistar a aprovação dos filósofos, a estima dos corações bem-formados, e um nome imortal na posteridade.

---

20. Acremente: grosseira, rude.

A raça anglo-saxônica, amando a verdade, tem achado meio de fazer a guerra à mentira.

A célebre autora da *Cabana do pai Tomás*, digna descendente desta raça, guiada pelo nobre e grandioso sentimento de humanidade, tentou resgatar sua pátria da nódoa que a deslustra, na mancha do espantoso progresso em que ela se mostra aos povos.

Quando um tal modelo de perfeições morais se patenteia nos Estados Unidos julgamos ocioso tudo o que pudéssemos acrescentar para provar o desenvolvimento progressivo da educação da mulher nessa Europa da América, que excederá bem cedo a todas as nações do mundo, pelo gênio empreendedor de seus habitantes, e pelo espírito de associação e de comércio que vai tão grandemente desdobrando.

XVI

O livro de Mrs. Stowe é um primor de moral, de delicadeza de estilo, de sentimentos sublimes, de preceitos cristãos simples e habilmente dirigidos por mão feminina, que sabe toda a superioridade que tem a doce eloquente voz da persuasão, demonstrando os crimes em presença de suas vítimas, debaixo das formas mais capazes de inspirar o interesse e a compaixão, sobre o brado da rígida moral que severamente acusa a sociedade de qualquer povo de havê-los praticado. Essa obra pode ser considerada como um moderno Evangelho, em que todos os corações americanos deveriam ir beber as lições de Cristo, transmitidas pelo apóstolo feminino a quem Ele as inspirou.

Nós outros brasileiros, que lemos esse livro, corando do opróbrio que igualmente pesa sobre a nossa terra, nas reproduções daquelas cenas de horror que tão pateticamente descreve a insigne[21] Stowe, deveríamos fazer nossos filhos decorar algumas de suas páginas mais salientes, a fim de podermos guardar a consoladora esperança de que as gerações futuras farão apagar, nos que lerem um dia a nossa

---

21. Insigne: notável.

história, a impressão dolorosa dos crimes cometidos pelas gerações presentes sobre a mísera raça africana!...

Possa a mocidade brasileira, essa flor esperançosa do nosso grandioso futuro, aprender do filantropo *Saint-Claire*, do senador *Bird*, e de sua esposa, de Mrs. *Shelby*, da digna quaker *Rachel*, da celeste pequena *Eva*, tipo sublime do amor da caridade, e sobretudo do jovem *George*, os sentimentos que devem distinguir o verdadeiro cristão.

XVII

É tempo de voltarmos ao nosso caro Brasil, cujo interesse inspirou-nos este trabalho, e repetir a exclamação com que começamos este opúsculo.

— Povos do Brasil, que vos dizeis civilizados! Governo, que vos dizeis liberal! Onde está a doação mais importante dessa civilização, desse liberalismo?

Temos já transposto metade do século XIX, século marcado pelo Eterno para nele revelar ao homem estupendos segredos da ciência tendentes a aplainar as grandes dificuldades, que se opõe à universalidade do aperfeiçoamento das ideias, em ordem a fraternizar todos os povos da Terra.

Temos testemunhado o empenho dos homens pensadores das nações cultas em harmonizar a educação da mulher com o grandioso porvir que se prepara à humanidade!

Nada, porém, ou quase nada temos visto fazer-se para remover os obstáculos que retardam os progressos da educação das nossas mulheres, a fim de que elas possam vencer as trevas que lhes obscurecem a inteligência, e conhecer as doçuras infinitas da vida intelectual, a que têm direito as mulheres de uma nação livre e civilizada.

Deus depôs no coração da brasileira o germe de todas as virtudes; vejamos o impulso que o governo e os homens da nossa nação têm dado a este germe precioso; como têm eles cultivado e feito desabrochar as flores, madurar os frutos que se devem esperar de uma planta de abundante seiva, sob os cuidados de um hábil e sábio horticultor.

XVIII

Não ignoramos que imos[22] encetar uma matéria tanto mais difícil quanto teremos de ferir prejuízos inveterados e o mal entendido amor-próprio daqueles que julgam as coisas em muito bom estado, só porque tal era a opinião de seus antepassados; mas o desejo ardente, que nos cala n'alma, de ver o nosso país colocado a par das nações progressistas, nos impõe a obrigação de franca e imparcialmente analisar a educação da mulher no Brasil, esperando excitar, com o nosso exemplo, penas mais hábeis que a nossa a escreverem sobre um assunto que infelizmente tão desprezado tem sido entre nós.

Aqueles que escrevem tão somente pelo bem da humanidade, que não por orgulho, ou pela triste vaidade de fazerem-se um nome, ainda mesmo nos países onde um nome literário tem pátria e glória, não cogitam do juízo parcial dos que limitam os interesses da humanidade no mesquinho círculo de seus interesses pessoais.

Não nos embala a vã pretensão de operar uma reforma no espírito de nosso país; por demais sabemos que muitos anos, séculos talvez, serão precisos para desarraigar herdados preconceitos, a fim de que uma tal metamorfose se opere. Esperamos somente que os zelosos operários do grande edifício da civilização, em nossa terra, atentem para os exemplos que a história apresenta, do quanto é essencial aos povos, para firmarem a sua verdadeira felicidade, o associarem a mulher a esse importante trabalho.

A esperança de que, nas gerações futuras do Brasil, ela assumirá a posição que lhe compete nos pode somente consolar de sua sorte presente. Entretanto sigamos o exemplo do pobre e corajoso explorador de nossas virgens florestas, exposto aqui e ali à mordedura de venenosos répteis, para rotear um campo, que outros terão de semear e colher-lhes os saborosos frutos. Felizes nós se pudéssemos conseguir o primeiro resultado desse trabalho, que muito nos lisonjearíamos de oferecer às nossas conterrâneas, como penhor do verdadeiro interesse que elas nos inspiram.

---

22. Forma antiga de conjugação da primeira pessoa do plural do verbo "ir" no presente do indicativo; o mesmo que "vamos". (N.E.)

XIX

Mais de um moralista tem estabelecido o princípio, que julgamos ter já demonstrado, isto é: que a educação da mulher muita influência tem sobre a moralidade dos povos, e que é ela o característico mais saliente de sua civilização.

Isto posto, indaguemos, à vista do estado atual da educação das nossas brasileiras, quais os meios que se têm empregado, há mais de três séculos, para promover o seu desenvolvimento, em ordem a conseguir os resultados felizes que dela se devem esperar, quando dirigida por instituições sábias e liberais.

Retiremos por agora os olhos das tristes páginas de nossa história concernentes à situação da mulher indígena, depois que o farol do cristianismo veio esclarecer esta mais deliciosa porção do novo mundo. Nós a analisaremos em lugar competente e com o coração profundamente compenetrado da sua sorte!

Tratemos primeiramente das mulheres a quem os homens da civilização, entre nós, denominam brasileiras, isto é, as mulheres não indígenas, que nascem de famílias livres, ou aquelas que a *bondade* dos pais resgata, na pia batismal, do triste selo da escravidão!

Não é na história da nossa terra que iremos estudar a situação das nossas mulheres, porque, infelizmente, os poucos homens que têm escrito apenas esboços dela não as acharam dignas de ocupar algumas páginas de seus livros.

Assim, recorreremos aos viajantes estrangeiros que consagraram alguns de seus escritos à narração, por vezes alterada, do caráter e costumes das brasileiras, para tratarmos delas nas províncias em que não temos nós mesmo viajado e sido testemunhas oculares da maneira por que é dirigida ali a sua educação.

XX

É uma triste verdade ter o Brasil herdado de sua metrópole o desprezo em que teve ela sempre a educação do sexo.

Os Portugueses, levando suas armas e seus missionários a outras regiões do mundo, explorando a glória pela reunião destas duas forças heterogêneas que eles sabiam tão bem empregar para subjugar os povos, embriagavam-se demasiadamente em seus grandes triunfos para poderem ocupar-se, como deviam, da instrução da mulher, que, segundo a opinião da maioria de seu país, mais afeita aos costumes mouriscos que aos dos povos do norte, não há mister de outros conhecimentos além daqueles que a habilitam a ser a primeira e mais útil servente de sua casa.

A glória das armas e das conquistas eram a única a que aspirava o seu gênio belicoso; dessa glória, porém, nenhuma vantagem resultava à mulher, a não ser a dos efêmeros triunfos que lhe davam os combatentes das justas e torneios, quebrando lanças que depunham a seus pés como uma homenagem a suas graças ou a seu amor.

Essa homenagem, que os homens da idade média criam render ao verdadeiro mérito da mulher, caracteriza-se na conduta de Magriço e de seus companheiros, que tanto orgulhou, inspirou aos cavalheiros daquele tempo. Esses doze *famigerados* guerreiros, indo tão dramaticamente *desafrontar* as damas inglesas, em vez de empregarem o seu valimento e a sua bravura em pugnar pela reforma da educação das damas portuguesas, que jaziam envoltas no espesso véu da ignorância, forneceram um exemplo mais da leviandade do homem, procurando a glória onde menos ela reside.

Mas fora sempre este o espírito de sua nação, onde as ciências e as artes nunca tiveram grande incremento fora do claustro, essa barreira insuperável ao progresso das ideias. Entretanto, se aquelas eram ali suplantadas pelas armas, mesmo sob o reinado de seus mais ilustrados soberanos, alguns gênios sobressaíram na terra tão altamente decantada por Camões a despeito dos obstáculos que se opunham aos seus mais altaneiros voos.

XXI

O sexo, a quem era vedado transpor o pórtico de qualquer estabelecimento científico ou literário, forneceu também, posto que em pequeno número, alguns espíritos superiores. Citaremos Públia Hortênsia de Castro, que, sob os trajes masculinos, frequentou com seu irmão a Universidade de Coimbra, onde obteve os grandes conhecimentos, que excitaram a admiração dos homens de sua época, inclusive Filipe II.

Esta escritora superior, pelas dificuldades que teve a vencer para penetrar no santuário da ciência, às Catharina, Lacerda, Balsemão, Alorna, etc., provou que, se as mulheres portuguesas não puderam colher os louros literários que ornam as mulheres do norte, não é porque lhes falte capacidade intelectual, mas porque os prejuízos de sua pátria as restringem no acanhado círculo de errôneos preconceitos.

Com a negligência do povo português, a respeito da educação do sexo, se pode somente comparar a desapreciação (deixamos aos de seu próprio país uma classificação mais forte) em que ele teve sempre os seus maiores homens, que tanto o ilustraram. O estrangeiro, que percorre o histórico Portugal, em procura dos monumentos elevados aos Henriques, Nuno Álvares, Castro, Gama, Camões, Pombal, etc., não pode deixar de aprovar a imparcialidade do vate[23] português, quando em seu entusiasmo patriótico revoltou-se contra a injustiça de seus conterrâneos nesta virulenta apóstrofe contida no seu *Camões*:

Onde jaz, Portugueses, o moimento[24]
Que do imortal cantor as cinzas guarda?
Homenagem tardia lhe pagastes
No sepulcro sequer... raça de ingratos!
Nem isso! nem um túmulo, uma pedra,
Uma letra singela! — A vós meu canto,
Canto de indignação, último acento
Que jamais sairá da minha lira,
A vós, ó povos do universo, o envio.

---

23. Vate: poeta.
24. Moimento: mausoléu.

XXII

As ideias estacionaram na linda terra dos Afonsos. Os cantos de seus altos feitos, retumbando pelas montanhas alcatifadas[25] de flores, sob o poético céu de Portugal, iam morrer no seio de outras terras e de outros povos eternizando o nome Português, sem que após esses feitos o farol da filosofia iluminasse o espírito dessa nação, e a guiasse à única verdadeira glória.

Baldo[26] de tão sábio e poderoso guia, que pode só conduzir os povos à felicidade, esse formidável colosso de armas caiu, como cai o pano de um teatro depois da representação admirável de um grande drama, cujas cenas extraordinárias haviam prendido a atenção e extasiado a alma dos espectadores.

Os prejuízos de Portugal estenderam-se sobre as vastas plagas do Brasil, debaixo de um aspecto mais desfavorável, pois que tiveram de envolver nossa límpida atmosfera no tenebroso manto da escravidão, que Portugal repelia de seu seio, e que seus filhos traziam a infestar a nossa sociedade, manchando-a perante as sociedades da Europa, onde mais de uma vez tivemos de corar ouvindo incluir os brasileiros na censura em que ali incorrem, e horror que inspiram os povos traficadores da espécie humana!

O Brasil recebeu de sua metrópole tudo o que lá havia menos capaz de desenvolver o espírito, e fazer sobressair as vantagens deste novo e rico solo, tão ardentemente disputado aos sucessores de Cabral pelos povos do norte, que o teriam *incontestavelmente* melhor preparado para um mais glorioso porvir...

Concordamos, bem a nosso pesar, nesta verdade, porque fazemos justiça e rendemos profunda homenagem aos dignos antepassados dos três grandes escritores que representam atualmente a trindade literária de Portugal, A. Herculano, A. Feliciano de Castilho e A. Garrett.

Mas todos sabem que não de homens tais e sim de pessoas vulgares, de aventureiros intrépidos ou de condenados pelas leis do seu país se compunha a maior parte das expedições que aportavam às praias

---

25. Alcatifada: atapetada.
26. Baldo: carente.

brasileiras e iam povoando, pouco a pouco, este imenso território, disputando-o muita vez atrozmente a seus legítimos possuidores, que por tanto tempo gemeram sob o jugo iníquo[27] do cativeiro.

Pouco avultavam, pelo meio dessa geral invasão, os sentimentos humanitários do dedicado Nóbrega e exemplar Anchieta, esses verdadeiros apóstolos do cristianismo.

XXIII

A sede de ouro, a ambição de domínio ou o caráter despótico dos que anelavam por um vasto teatro para nele representarem suas cenas, por vezes mais bárbaras que as dos próprios selvagens, atraíam então ao Brasil, com algumas exceções, os colonos, donatários, governadores, capitães-generais e vice-reis. Conferia-se quase sempre (cremos que mais por ignorância do que por cálculo) a execução da lei, no interior, a homens brutais ou sanguinários que, arvorados da autoridade de *capitão-mor*, decidiam a seu livre-arbítrio (como tivemos a infelicidade de testemunhar ainda em nossos dias na província de Pernambuco) da vida de honestos cidadãos, de virtuosos pais de família, que caíam em seu desagrado.

O nobre coração do príncipe regente D. Pedro se havia bem compenetrado desta verdade, quando disse em seu *Manifesto*, de 6 de agosto de 1822:

> Quando por um acaso se apresentara pela primeira vez esta rica e vasta Região Brasílica aos olhos do venturoso Cabral, logo a avareza e o proselitismo religioso, móveis dos descobrimentos e colônias modernas, se apoderaram dela por meio de conquista, e leis de sangue, ditadas por paixões e sórdidos interesses, firmaram a tirania Portuguesa. (...) E porquanto a ambição do poder e a sede de ouro são sempre insaciáveis e sem freio, não se esqueceu Portugal de mandar continuamente Bachás desapiedados, magistrados corruptos e enxames de agentes fiscais de toda a espécie, que no

---

27. Iníquo: perverso, injusto.

delírio de suas paixões e avareza despedaçavam os laços da moral assim pública como doméstica (...).

Bem se vê, pois, que de tais homens não podia provir vantagem alguma para o progresso das ideias, e por conseguinte da educação da mulher.

Saber habilmente manejar os bilros,[28] com que faziam grosseiras rendas, girar o fuso para reduzir o algodão ao grosso fio, pegar na agulha sem o conhecimento dos delicados trabalhos que dela se podem obter, conhecer o ponto da calda para as diferentes compotas e doces secos, laborar a lançadeira do tear, bambolear a pequena urupema[29] e a fina peneira para preparar depois as massas, colorir as escamas dos peixes, ou adaptar as variegadas penas dos lindos pássaros tropicais à simetria das flores, que fabricavam com umas e outras, etc., tais eram geralmente as ocupações que revelavam o talento da jovem brasileira.

As excelentes qualidades que se perpetuavam, muita vez, em algumas famílias patriarcais, atraindo-lhes a estima geral, permaneciam, entretanto, como o diamante não lapidado, ocultando o seu verdadeiro brilho.

XXIV

O Brasil, cuja importância aumentava de dia em dia pela sua população e pelas vantagens que ofereciam as suas copiosas minas e ricos produtos, permanecia ainda inteiramente dependente dos caprichos de Portugal, pigmeu insuflado de suas glórias passadas, conservando a vaidosa pretensão de continuar a reprimir o gigante, que a duas mil léguas parecia dormitar sob a pressão de suas pesadas cadeias!

A longa resignação de seus filhos, quase sempre preteridos quando em concorrência com os da metrópole na distribuição de suas graças, sempre submetidos ao despotismo, que invadia e devorava o mesmo

---

28. Bilro: um dos instrumentos de trabalho de rendeiras.
29. Urupema: peneira feita de fibras vegetais entrelaçadas utilizada na culinária.

campo da ciência, tal como o do conde de Resende, perseguidor atroz daqueles que, como nosso ilustre moralista marquês de Maricá, se distinguiam nos trabalhos da inteligência, deixava Portugal laborar naquele erro, que tão fatal tinha de ser à sua prosperidade.

Sabe-se que nenhuma academia nem escola regular possuía a nossa terra até os princípios do presente século, onde os seus filhos, explorando com vantagem as ciências a que se dedicavam, pudessem obter um título que os distinguisse no mundo científico e literário.

Não somente para esse fim, como para terem conhecimentos exatos, até dos estudos preliminares, eram eles obrigados a ir em longínqua distância à metrópole. Se era isso uma medida política do seu governo, a nós não compete ventilá-lo. Queremos somente concluir que nesse estado nenhum recurso podia o Brasil oferecer à mulher que desejasse cultivar a sua inteligência.

Embalde tentaria ela instruir-se em qualquer outra coisa, a não ser nas ocupações materiais da vida doméstica, porquanto as lições que recebiam algumas meninas, nas casas intituladas escolas — onde, sentadas por terra em pequenas esteiras ou toscos estrados, abrindo de vez em quando, sobre a almofada de renda ou de costura, que faziam com rigorosa tarefa, errados manuscritos, a cartilha do padre Inácio, que lhes iam materialmente explicando — eram tão mal dirigidas, e por vezes tão perniciosas, que tendiam antes a estreitar do que a dilatar-lhes o espírito, a viciá-lo, antes do que enobrecê-lo.

XXV

As escolas de ensino primário tinham antes o aspecto de casas penitenciárias do que de casas de educação. O método da palmatória e da vara era geralmente adotado como o melhor incentivo para o desenvolvimento da inteligência!

Não era raro ver-se nessas escolas o bárbaro uso de estender o menino, que não havia bem cumprido os seus deveres escolares, em um banco, e aplicarem-lhe o vergonhoso castigo do açoite!

Se as meninas, que em muitos desses repugnantes estabelecimentos eram admitidas de comum com o outro sexo, ficavam isentas dessa sorte de barbaria, não deixavam entretanto de presenciá-la por vezes, e de receber uma impressão desfavorável, que muito concorria para enervar-lhes a delicadeza e modéstia, que de outra sorte dirigidas tanto realce dão às qualidades naturais da mulher.

A palmatória era o castigo menos afrontoso reservado às meninas por mulheres, em grande parte, grosseiras, que faziam uso de palavras indecorosas, lançando-as ao rosto das discípulas, onde ousavam imprimir alguma vez a mão, sem nenhum respeito para com a decência nem o menor acatamento ao importante magistério, que sem compreender exerciam.

O sistema inquisitorial das torturas infligidas às inocentes vítimas do *Santo Ofício*, que sob outra forma e com diverso fim transpusera o Atlântico, presidia ao ensino da mocidade brasileira, ministrado por severos jesuítas ou por mestres charlatães, cujo mérito consistia em saber soletrar alguns clássicos portugueses, e assassinar pacificamente *Salústio, Tito Lívio, Virgílio e Horácio!*

Esta inaudita e brutal severidade era sancionada por um grande número de pais cuja educação tinha sido assim feita, e cujo rigor doméstico não era menos cruel.

Com algumas modificações continuou, infelizmente, este regime muito tempo depois. Pais e filhos estavam ainda por educar, como se vê desta observação do Conde dos Arcos a um mestre de escola da Bahia, que se lamentava do pouco resultado de seus grandes esforços para bem dirigir a educação de seus discípulos: "Será preciso primeiramente educar os pais, para que se possa conseguir a boa educação dos filhos".

Não deixaremos, entretanto, passar esta observação, posto que justa, sem que acrescentemos outra; e vem a ser que não era a um filho do país, a quem o Brasil deve todos os seus erros e prejuízos, que cabia censurar uma falta dele procedente, e tão geralmente nele cometida.

Demais, o *célebre* introdutor das primeiras comissões militares no Brasil, digno sectário da doutrina de Hobbes, que pretende ser o despotismo ordenado pela religião, não devia censurar a falta de uma educação esclarecida, sem a qual, mais facilmente, os homens se submetem ao absolutismo de seus governantes.

XXVI

Quanto mais ignorante é um povo, tanto mais fácil é a um governo absoluto exercer sobre ele o seu ilimitado poder.

É partindo deste princípio, tão contrário à marcha progressiva da civilização, que a maior parte dos homens se opõe a que se facilite à mulher os meios de cultivar o seu espírito. Porém, é este um erro, que foi e será sempre funesto à prosperidade das nações, como à ventura doméstica do homem.

O país onde o soberano é mais absoluto é justamente aquele em que o seu poder está menos seguro. É esta a ideia do próprio Fénelon, depois de ter apoiado a aristocracia.

A força não pode nunca persuadir, mas sim fazer hipócritas.

Assim como um governo paternal é o mais próprio a fazer a felicidade dos povos, e a inteligência destes devidamente cultivada o melhor incentivo para o exato cumprimento de seus deveres, assim também a educação moral é o guia mais seguro da mulher, a estrela polar que lhe indica o norte, no frágil batel[30] em que ela tem de navegar por esse mar semeado de abrolhos,[31] a que se chama vida.

A falta de uma boa educação é a causa capital que contribui para que a mulher, no meio da corrupção da sociedade, perca esse norte, o qual não é outro mais que a moral.

Procurando-se sempre prender-lhe a inteligência, enfraquecer-lhe os sentidos, inabilitam-na para ocupar-se, como devia, antes de tudo do cuidado de purificar o seu coração, o que nunca poderá ela vantajosamente conseguir se a sua inteligência permanecer sem cultura.

Bem diversas desta doutrina são as de Rousseau e Gregory, quando lhe aconselham cultivar o gosto pelos adornos (que ambos pretendem ser natural às mulheres) e embelecer os dotes do corpo, tirando da beleza física e do artifício os meios para subjugar os homens.

Todos os que têm escrito sobre a educação da mulher, pregando tão errôneas doutrinas e considerando-a debaixo do ponto de vista puramente material, não têm feito mais do que lhe tirar toda a dignidade de sua natureza.

---

30. Batel: pequena embarcação.
31. Abrolhos: recifes, rochedos que afloram da água; dificuldades, percalços, obstáculos.

Mulheres assim educadas seriam próprias para fazer as delícias de qualquer epicurista em um harém, mas cremos que nenhuma de nossas brasileiras amará semelhante existência, a não ser a que é indigna de outra melhor. Qual é aí o homem razoável e honesto que se contente de uma esposa que prefere passar no seio dos prazeres do mundo entregue às futilidades de uma vida de dissipação e indolência, antes que no empenho constante de reestabelecer seu direito aos gozos razoáveis e de ilustrar-se pela prática das virtudes que honram a espécie humana e contribuem para a felicidade?

XXVII

A mulher é como o homem, conforme se exprime o sublime Platão, uma alma servindo-se de um corpo.

É um absurdo pois, uma profanação mesmo, pretender-se que essa alma, obra-prima do Criador para o seio do qual tem de volver, consagre o corpo, que anima na rápida passagem desta vida, unicamente a fúteis adornos, a graças factícias, para deleitar as horas de ócio de uma criatura sua igual, que vemos ceder mais ao império dos sentidos que ao da razão.

Todos esses princípios subversivos, espalhados com tanta profusão por penas mais ou menos hábeis de pretendidos melhoradores da educação da mulher, confirmando o antiquado e funesto prejuízo de que ela deve somente aspirar ao império das graças exteriores, só tem feito com que se aumente o número, já tão considerável, de escravas, procurando iludir despóticos ou fanáticos senhores a fim de haverem pela fraude um cetro, que elas deveriam conquistar pela razão, se lhes deixassem a liberdade de aperfeiçoarem as suas faculdades morais.

A fraqueza física é um dos pretextos de que se prevalecem certos sofistas para subtraírem a mulher ao estudo, para o qual a julgam imprópria. Não é a natureza física, como pretende Helvécio, que faz a superioridade do homem, mas sim a inteligência. Voltaire, Racine, Pascal e outros muitos de uma compleição demasiadamente delicada comprovam esta verdade. E a inteligência, que não tem sexo, pode ser igualmente superior na mulher, salvo a opinião de alguns materialistas cujo espírito fraco identificou-se, permita-se-nos a expressão, com o escalpelo afeito a revelar-lhes a organização animal, que não a inspirar--lhes os sublimes pensamentos de Duvernoy, Schoelein, Orfila e do eloquente Serres, quando na indagação dessa nobre ciência, que reclamam as dores físicas da humanidade, eles enlevam a alma de seus admiradores por suas filosóficas considerações.

Se a natureza deu à mulher um corpo menos robusto que ao homem, não tem ela por isso mesmo mais precisão do exercício de suas faculdades intelectuais, para que possa melhor preencher os deveres de filha, esposa e mãe, sem descer ao artifício?

Porém, um erro ainda mais funesto vem, adornado dos atrativos que podem melhor lisonjear os sentidos e triunfar da razão, sobrestar os progressos da educação do sexo: é o axioma ridículo de que a fraqueza constitui um de seus primeiros encantos!

"A fraqueza pode excitar e lisonjear o arrogante orgulho do homem", diz uma célebre escritora inglesa, "mas as carícias de um senhor, de um protetor, não satisfarão uma alma generosa que quer e merece respeito".

Não por certo; e o homem delicado e justo, compreendendo devidamente este respeito, sabe-o tributar à energia da razão que combate, e não à fraqueza que se humilha.

XXVIII

Repelindo com profunda indignação o princípio daqueles que apresentam a mulher naturalmente inclinada a fixar a atenção do homem pelas graças exteriores, incapaz de reflexão e apta somente para oferecer-lhe agradáveis passatempos, fazemos justiça à maioria dos nossos conterrâneos para pensar que não eles, mas somente os libertinos podem assim agredir os domínios da razão e profanar a dignidade da virtude. Destes temos piedade, porque passam por esta transitória vida envolvidos na densa atmosfera das paixões sensuais, sem que os seus olhos descortinem jamais o radiante sol da verdade.

Se todos os homens, porém, tivessem o espírito justo, como pensa Helvécio, veríamos nós, todos os dias, o grande edifício social ameaçado aqui e ali de desabar sobre os seus mais bem fundados alicerces? Se assim fosse, qual teria sido o fim de Aristóteles, dando-se ao trabalho de compor sua Lógica, tão preciosa e tão útil ao esclarecimento das ideias e à perfectibilidade da razão? E para que ainda precisariam os homens do estudo da filosofia, que infelizmente tão poucos aprofundam e praticam?

Não compartindo a doutrina de Helvécio sobre a igualdade da inteligência em todos os homens, sabemos que todas as mulheres não podem ser igualmente instruídas, ainda mesmo quando a todas se proporcionasse os meios de cultivar o seu espírito: o que pretendemos é possível, justo e de rigorosa necessidade, isto é, que todas sejam bem educadas, em suas respectivas situações.

A nossa digressão parecerá talvez longa, mas não estranha ao objeto que nos ocupa. Tomemos, pois, o fio de nossa análise sobre a educação de nossas mulheres, e transpondo os tempos coloniais falemos primeiramente de um grande extraordinário acontecimento, que veio mudar a categoria do Brasil, mas não a sorte de suas mulheres.

XXIX

A nação da Europa, que se tem como que constituído o termômetro das ideias políticas de quase todos os povos modernos, levantava-se, ainda gotejante de sangue, do tenebroso pélago[32] em que a haviam engolfado os prejuízos e as tiranias passadas, para elevar-se, sob o braço déspota do maior guerreiro dos tempos modernos, ao ponto mais culminante do poder e da glória que jamais têm dado as armas em nossos dias.

Estava marcado pela Providência que o longínquo Brasil, sofrendo tão cristãmente as dores da pesada cadeia que lhe arrochava os fortes pulsos, participaria da influência daquele acontecimento por um modo indireto e benéfico.

Uma lava do vulcão da Córsega, cuja erupção ameaçava derrubar todos os tronos da Europa, descendo a Portugal, estendeu essa influência até as hospitaleiras praias do Brasil, o qual abriu generosamente

---

32. Pélago: abismo oceânico, mar profundo; imensa dificuldade.

seus braços e seus tesouros à família real, que vinha procurar um asilo em seu seio.

Uma coroa europeia brilhou sob o fulgurante sol americano; o aparatoso[33] fasto[34] de uma corte desdobrou-se na capital do Brasil; seus portos, fechados até então ao estrangeiro, lhe foram para logo franqueados, e o nome de reino substituiu depois o de colônia, tão indevidamente conservado à vasta Terra de Santa Cruz. Alguns melhoramentos se operaram em diversos pontos, criaram-se tribunais, escolas, academias, etc., etc., sob a digna administração do ilustrado D. Rodrigo de Sousa Coutinho, mas a educação da mulher permaneceu como nos férreos tempos coloniais, isto é, entregue aos cuidados de ineptos pedagogos femininos, ou à direção das mães no seio da família, onde a menina aprendia tudo, menos o que pudesse torná-la digna mais tarde de ser colocada na ordem de mulher civilizada.

O Brasil tinha já fornecido grande cópia de homens ilustrados pelos conhecimentos adquiridos em diferentes universidades da Europa, e a maior parte das brasileiras (mesmo as das primeiras cidades) não logravam a vantagem de *aprender a ler*!

Dizia-se, geralmente, que ensinar-lhes a ler e escrever era proporcionar-lhes os meios de entreterem correspondências amorosas, e repetia-se sempre que a costura e trabalhos domésticos eram as únicas ocupações próprias da mulher. Este prejuízo estava de tal sorte arraigado no espírito de nossos antepassados que qualquer pai que ousava vencê-lo e proporcionar às suas filhas lições que não as daqueles misteres era para logo censurado de querer arrancar o sexo ao estado de ignorância que lhe convinha!

É esta uma das censuras que fazemos aos homens do passado sem receio de desagradar aos do presente; porque, salvas honrosas exceções, todos assim pensam ainda, não obstante muitos terem trocado o papel de completa ignorância que representavam suas filhas pelo de uma instrução superficial e mal dirigida, que tende a viciar o espírito sem nada deixar-lhe de sua simplicidade primitiva, como demonstraremos quando chegarmos ao ponto de nossa educação atual.

---

33. Aparatoso: suntuoso, pomposo; aquilo com muitos adereços e pouco conteúdo.
34. Fasto: luxo, magnificência; orgulho, vaidade.

XXX

Era quase geral a opinião, como dissemos, que a instrução intelectual era inútil quando não prejudicial às meninas; mas é porque aqueles que propalavam tão absurdo princípio não faziam esta simples observação, posta ao alcance da inteligência ainda a mais míope, e para a qual lhes não era preciso revolverem a história dos outros povos: as mulheres brasileiras, baldas de toda a sorte de instrução, eram elas citadas como as mais virtuosas e severas nos princípios morais? Subtraíam-se assim melhor à cilada das seduções armadas à inexperiência ou à credulidade do sexo?

Se assim tivera sido, se a estatística das faltas cometidas pelas mulheres devidamente instruídas fosse mais numerosa que a das outras, certo que não hesitaríamos em ser do número dos apologistas da ignorância da mulher; porque, sendo a beleza da virtude a que mais atrai e extasia a nossa alma, nós preferiríamos adorá-la, envolvida mesmo no grosseiro manto da ignorância, a gozarmos de todas as vantagens que a civilização oferece do alto de seu rico e deslumbrante pedestal.

Mas todos sabem, a não ser os povos selvagens, que é um paradoxo, e paradoxo ridículo, avançar-se que a ignorância é o melhor estado para o desenvolvimento das virtudes morais.

Ouvimos sempre bradar contra o progresso dos vícios que a civilização traz, mas é porque não se quer atentar para os que praticaram e praticam todos os povos, não diremos selvagens, que vivem no pleno estado da natureza, mas os que, ligados por vínculos sociais, viviam e ainda vivem sem o influxo benéfico dessa poderosa regeneradora do espírito humano.

Data de tempos imemoriais o costume dos velhos, esquecidos das faltas de sua mocidade, censurarem acrimoniosamente[35] as da mocidade atual, preconizando aquela entre a qual outrora viveram. Assim também acontece aos povos que se vão libertando do império da ignorância; hoje olham alguns como erro o que faziam por dever os seus antepassados. Os homens foram sempre os mesmos, a diferença está nas circunstâncias e no modo com que eles praticam as ações, moldando-as à época em que vivem, à educação que recebem, ao grau de civilização mais ou menos considerável que os vai polindo.

---

35. Acrimoniosamente: de forma áspera, ríspida, grosseira.

Ninguém mais do que nós ama a Antiguidade e se entusiasma pelos grandes feitos, que nela se praticaram, pelos insignes gênios, que a enobreceram: mas quando vemos entre nós o vício premiado e a virtude oprimida ou desprezada, não somos daqueles que lançam o anátema[36] da maldição sobre as gerações presentes crendo-as inficionadas[37] de vícios por elas inventados, quando são eles somente a reprodução dos que em maior escala cometeram as gerações extintas.

Uma só coisa censuramos às atuais gerações, e muito particularmente à nossa: é o não tirarem da experiência, que nos fornecem os erros de nossos antepassados, o antídoto precioso para minorar os nossos. Do número desses erros é o que nos inspirou este escrito.

XXXI

Já vimos a dissolução ou inércia em que caíram os povos que mais têm desprezado ou mal dirigido a educação da mulher; e continua-se entretanto a olhar essa artéria vital da morigeração dos povos, senão com a mesma incúria[38] revoltante de outrora, sem o firme propósito de incluir a reforma de sua educação nos importantes melhoramentos que ocupam atualmente os brasileiros.

Aqueles, que se contentam de caminhar vagarosamente quando as locomotivas transpõem o espaço com incrível velocidade, poderão dizer-nos que, há muitos anos, possui o Brasil estabelecimentos pagos pelo governo para instrução primária das meninas. Sabe-se a época em que esses informes estabelecimentos começaram de aparecer entre nós sob o nome de *escolas régias*. Eram porém sumamente raros; e quanto às habilitações intelectuais das professoras que os dirigiam, podem ser aquilatadas pelas que apresentam as de hoje no simples interrogatório, a que se chama entre nós exame público, pelo qual passam as pretendentes às cadeiras de ensino primário em nossa terra.

---

36. Anátema: sentença; pena de exclusão de um indivíduo de determinada comunidade religiosa, excomunhão.
37. Inficionada: infeccionada.
38. Incúria: desleixo.

50

Se ainda vemos a maior parte desses lugares preenchidos por mulheres cuja principal habilitação consiste no patronato dos que as admitem nele, hoje que se vai crendo finalmente que as meninas devem aprender alguma coisa mais além dos trabalhos materiais, qual não seria a ignorância das *mestras* primitivas, a quem se confiava a tarefa de instruir o sexo?

Daí o descrédito em que caíram as escolas públicas de instrução elementar, frequentadas somente, ainda hoje, por meninas a cujos pais falecem os meios de as mandar às escolas particulares, posto que, em geral, as diretoras destas não sejam mais capazes de corresponder à sua expectativa.

Mas ao menos estas se esforçam por adquirir uma reputação, de que depende o progresso de seus estabelecimentos, enquanto as outras, certas do ordenado que percebem, sem embargo do número de alunas, não curam de aumentar essa reputação, que julgam além disso ter bem firmado perante o ilustrado auditório que assistiu a seus exames.

Falai a algumas dessas professoras sobre o exame, que as fez julgar superiores às candidatas em concorrência, e vereis com que fatuidade[39] atribuem o seu triunfo ao grande estudo a que se deram das matérias exigidas pelos *austeros* examinadores. Esquecidas das proteções a que recorreram, as *Bachellery, Saint Claire, Lahaye*, etc. de nossa terra ostentam tudo quanto podem ostentar as examinandas do *Hotel de Ville e da Sorbonne*, menos a sua instrução.

Com efeito não pudemos deixar de corar pela nossa instrução pública, quando quisemos estabelecer um ponto de comparação entre os exames de nossas professoras e os, a que assistimos naqueles lugares, das mulheres que se propõem a exercer o magistério na França.

E pois, como esperar que aquelas, a quem faltava sólida instrução das disciplinas que tinham de ensinar, pudessem preencher o fim para o qual o governo as nomeara, e apresentar, como deviam do ensino primário, um resultado capaz de servir de base a estudos mais elevados? Mas devemos admirar-nos disso, quando grande parte dos professores do mesmo ensino se achava em idênticas circunstâncias? Não vemos nós ainda alunos, que passam

---

39. Fatuidade: presunção.

para estudos superiores, escreverem com péssima ortografia, estropeando as regras da gramática e cometendo erros de dicção, que fariam rir os alunos das escolas primárias dos países onde o estudo da língua materna é considerado como primeiro na escala dos conhecimentos humanos?

O desleixo, em que continuava assim o ensino público, estava porém de acordo com os princípios da metrópole, que regia ainda então o Brasil. Era natural que as suas mulheres participassem de sua sorte, e com ele aguardassem um melhor futuro, confiados uma e outra nos inexauríveis recursos que lhe prodigalizara a natureza, e no amor de seus filhos, desenvolvido sob a influência da brilhante aurora de progresso, que se levantou para o presente século.

Passemos a considerar se a sua expectativa tem sido ou não iludida.

XXXII

Uma grandiosa época preparava-se de há muito ao Brasil, época de regeneração e de glória para os povos que longo tempo gemeram sob a brônzea mão do despotismo estrangeiro, sem que este conseguisse nunca extinguir-lhes no coração uma centelha só do sagrado fogo da liberdade.

O brado elétrico de independência, havia tanto contido nos peitos brasileiros, saiu enfim do nobre peito d'Aquele que compreendeu e sustentou então os direitos de um povo sofredor, pleiteados entre outros pelo ilustre Andrada, o escolhido da Providência para representar nas gerações futuras do Brasil o patriarca de sua independência.

O nome de um príncipe herói estampou-se no alto dessa página dourada de nossa história, e os venturosos campos do Ipiranga repetirão sempre ufanos o eco desse brado enérgico, que nos trouxe uma nova existência e que tão arrefecido se solta hoje entre nós!

Muito teria podido fazer em prol da educação da mulher D. Pedro I, em cujo coração superabundavam amor e entusiasmo pelas grandes e difíceis empresas; mas uma triste fatalidade pesava sobre a sorte das nossas mulheres, e outras ocupações, outros fins, outro destino estavam reservados ao célebre fundador do Império Brasileiro...

Homens, chamados então os homens do progresso, prometiam ao Brasil os mais vantajosos resultados na mudança política que premeditavam, sem refletirem que os progressos e a felicidade de um povo não podem jamais ser baseados em um grande ato de ingratidão...

Após esse ato deu-se outro, que melhor caracterizava, em sua organização política, o povo descendente do que mandara ao desterro Pombal, o maior de seus estadistas, a mais profunda de suas inteligências. Ingratidão semelhante à que oprimiu o grande ministro, que deu nome a um rei e glória a uma nação, veio lançar negra tarja nas primeiras brilhantes páginas da história de nossa Independência, e suspender os voos do gênio brasileiro, que entre as suas altas concepções pela felicidade de nossa terra não teria deixado de incluir o plano de uma reforma na educação da mulher.

Mas o brilhante planeta paulistano, que havia indicado ao Príncipe o caminho da glória e guiado o Brasil à sua emancipação, descrevia a sua órbita entre opacos planetas os quais interceptaram a sua luz, quando dela mais precisão tinha o nosso corpo político. E o sábio, a quem D. Pedro, confiando a guarda de seu imperial filho, nos dolorosos momentos de sua separação, havia feito esquecer o desterro a que o mandara, foi, pelos seus próprios conterrâneos, arrancado do seu digno posto e exilado para aquela ilha, que gozará de justa celebridade quando os brasileiros souberem celebrar tudo o que diz respeito a seus grandes homens.

Por agora, consolamo-nos do revoltante esquecimento em que parece entre nós submergido o grande nome de José Bonifácio de Andrada, lembrando-nos dos elogios que tivemos o prazer de ouvir tecerem-lhe alguns sábios da Europa. O grande estadista, o profundo filósofo, o suave poeta septuagenário tem o seu nome escrito pela severa mão da história nas páginas imortais da posteridade: os homens do porvir o vingarão do indiferentismo antinacional dos homens do presente.

XXXIII

Desde 1831, goza o Brasil de um governo inteiramente nacional, o que parecia ser o alvo para onde convergiam os seus mais ardentes anelos. É, pois, sob este governo que devemos criticar os progressos de nossa educação física e moral, quer doméstica quer pública, incluindo nesta a que se ministra nos intitulados, entre nós, colégios particulares.

Todos os homens conscienciosos de nossa terra conhecem de há muito a necessidade urgente de uma completa reforma no sistema de educação da nossa mocidade. Muitos lamentam os erros e os prejuízos das antigas doutrinas que, menos ostensivas porém quase geralmente, continuam, ainda em nossos dias, a dominar nas escolas do Brasil.

Entretanto, reconhecemos que o espírito de nossa sociedade de hoje não é o mesmo da de outrora. A maior parte dos pais (digamo-lo, em abono do progresso de nossa civilização) já não vê, como então, nos bárbaros castigos escolares um meio necessário para os bons resultados da educação de seus filhos. A maior parte, dizemos, porque alguns não somente toleram ainda que homens sem princípios e de medíocre saber, arvorados entre nós em diretores de casas de educação, imprimam a mão na face de seus filhos, mas até exigem que os tratem com todo o rigor para puni-los de suas desobediências domésticas, não sentindo a humilhação que há em constituir um estranho castigador de erros que somente eles deveriam ter sabido corrigir.

Temos ouvido, mais de uma vez, pais de família, mesmo nas classes elevadas da sociedade, em que muitos sabem fazer-se obedecer por subalternos seus, confessarem às pessoas a quem confiam a educação de seus filhos que, não podendo contê-los no cumprimento de seus deveres, esperam obter por meio delas este resultado. A fraqueza, que os faz assim perder a força moral junto a essas tenras criaturas confiadas por Deus a seus cuidados, é tão repreensível e desairosa que não precisa de comentário.

Pais como esses podem ser comparados ao sadio e vigoroso dono de um terreno fértil, mas inculto pela preguiça de seus braços, que vai pedir ao seu vizinho, a quem falecem iguais vantagens, o alimento necessário para a vida.

E quais são, em geral, essas pessoas encarregadas da difícil missão de corrigirem erros inteiramente negligenciados pelos pais e ampliados pelo contato de uma sociedade onde o respeito pela inocência é ainda tão pouco compreendido?... Quais as casas de educação cujo regime e instituições, baseados na previdência esclarecida do governo e no bom senso dos pais, possam garantir a educação radical da juventude? Não se tem visto, mesmo nesta corte, diretores dessas casas, transpondo todas as metas de seus deveres, profanarem o mais sagrado princípio do magistério, sem que de tão criminosa conduta lhes provenha nenhum prejuízo mais que o de verem eliminado o nome de um ou outro aluno do livro de sua receita?!

E é tal a hospitalidade dos brasileiros para com os estrangeiros que até no ponto de mais transcendente interesse da educação as faltas destes são mais toleradas que as dos próprios nacionais.

XXXIV

Nenhuma lei geral tendente à investigação dos colégios particulares foi ainda promulgada pelo governo; nenhuma medida tomada para que o ensino da nossa mocidade seja convenientemente dirigido.

Uma casa de educação entre nós é, em geral, uma especulação como qualquer outra. Calcula-se, de antemão, o número dos alunos prometidos, ou em perspectiva, as vantagens que podem resultar de uma rigorosa economia, em que por vezes a manutenção daqueles é comprometida. Fazem-se ostensivos prospectos, e conta-se com a credulidade do público, sempre solícito em acolher, sem exame, tudo o que tem a aparência de novidade e de ostentação.

À parte as devidas exceções, as nossas casas de educação são dirigidas por pessoas sem a atitude necessária ao desempenho do mais melindroso emprego entre os povos civilizados. Muitas dessas pessoas aportam às nossas praias com o fim de especularem no comércio; vendo depois frustrados os seus planos de interesse nessa carreira, lançam mão do ensino; e ei-los metamorfoseados de negociantes e até mesmo de artesãos em preceptores da mocidade brasileira, afetando para com os pais de família uma distinção e sabedoria que nem a natureza nem a educação lhes dera, mas cuja reputação, aparatosas casas, enfáticos anúncios e pretensiosas promessas sustentam e propagam.

Apreciamos em subido grau os talentos dos estrangeiros; quiséramos mesmo poder reunir em nossa terra todos os que estivessem no caso de instruir-nos e utilizar-nos com os seus conhecimentos, de que tanta precisão tem o nosso povo. Mas quais são aqueles que justamente merecem, por esse lado, a nossa consideração? Poucos, muito poucos, e estes são os primeiros a concordarem conosco nesta verdade.

Vivemos algum tempo na Europa e sabemos que as pessoas ali reputadas de letras e habilitadas para o magistério têm sempre em que se empregar com mais ou menos vantagem. A ideia de deixarem o seu país para virem instruir a nossa mocidade jamais lhes ocorreu, e se por imperiosas circunstâncias alguma a concebe, para logo a abandona, como aconteceu ao distinto poeta e literato A. F. de Castilho: porquanto o mesmo Portugal, em sua decadência, compreende hoje quanto é desairoso a uma nação deixar emigrar, por escassez de recursos, os gênios que a ilustram.

Se algum motivo político os expatria, passam de uns a outros países da Europa, e quando demandam à América, preferem quase sempre os Estados Unidos porque lá encontram a par de espíritos que melhor os sabem apreciar, uma sociedade que lhes fala dos bens que na sua perderam. Para o Brasil o interesse material, e somente ele, conduz em geral o estrangeiro, a não ser os curiosos viajantes e naturalistas, cujo amor da ciência os indeniza, no meio de nossa pomposa natureza, da falta da civilização europeia.

XXXV

Em todos os pontos do Brasil, qualquer homem ou mulher que saiba ler, embora não seja no português classicamente belo de A. Herculano, e tem meios de montar uma casa de educação, julga-se para logo habilitado a arrogar o título de diretor de colégio, *caricaturando* o que na Europa ilustrada assim se denomina. Nenhum exame, em regra, se exige desses educadores da juventude, que terá de fazer um dia a glória do nosso país; eles ensinam pelos compêndios que querem, instituem doutrinas à sua guisa. O pedante goza das mesmas garantias, e quase sempre de maiores vantagens que as inteligências superiores.

Seria difícil explicar vantajosamente a negligência com que um governo ilustrado deixa praticar, assim, abusos que tanto se opõem a nossa futura prosperidade. E enquanto vemos os nossos legisladores debaterem meses e anos sobre diversos melhoramentos do país, uma só voz não se levanta enérgica do meio dessa ilustrada corporação para reclamar sérias medidas tendentes à reforma da educação da nossa mocidade!

Sempre que brilha um novo dia, e que nos bate à porta o *jornal*, apoderamo-nos com solicitude dessa folha e avidamente percorremos a sessão das Câmaras do dia antecedente em procura do assunto que temos escrito no coração e no espírito — a educação da mulher brasileira —, e dobramos a folha desconsolados e aguardamos o dia seguinte, que se escoa na mesma expectativa, no mesmo desengano!

Tem-se tratado de muitas coisas, menos disso; disso que merece incontestavelmente a mais circunspecta atenção dos homens pensadores.

Um dia raiará mais propício para nós, em que os escolhidos da nação brasileira se dignem de achar a educação da mulher um objeto importante para dele ocuparem-se, com a circunspecção que merece.

Entretanto lancemos os olhos para o que se acha atualmente feito pelo governo em favor do ensino primário das nossas meninas.

XXXVI

Pelo *Quadro demonstrativo do estado da instrução primária e secundária das províncias do Império e do município da Corte*, no ano de 1852, vê-se que a estatística dos alunos que frequentaram todas as aulas públicas monta a 55.500, número tão limitado para a nossa população; e que neste número apenas 8.443 alunas se compreendem!

Bastará refletir nesta desproporção para julgar-se do atraso em que se acha a instrução do sexo, tão mal aquinhoado na partilha do ensino pago pelo governo. Nenhuma proporção há, como vamos ver, entre as escolas primárias de um e de outro sexo.

Na província de Minas, onde a instrução se acha mais geralmente difundida, entre 209 escolas de primeiras letras, só 24 pertencem ao sexo feminino! Considerando-se essa tão desproporcional diferença, o sexo parece permanecer ali debaixo da influência do anátema, que fulminara sobre ele um dos mais notáveis presidentes daquela província. Tratando das cadeiras públicas de ensino primário, dizia ele que: *deve-se ensinar às meninas tudo quanto convém que saiba uma mulher, que tem de ser criada de si e de seu marido*. Esse severo administrador abstraiu, por sem dúvida do século em que falava, ou confundiu um povo livre, o digno povo mineiro, com a malfadada população de escravos, que infelizmente o Brasil contém em seu seio!

Na ilustrada Bahia, de 184 escolas primárias, 26, somente, são de meninas. Menos egoísta para com o sexo a sua rival na glória, o heroico Pernambuco, fiel a suas tradições, lhe sobressai em equidade, pois que de 82 escolas, 16 pertencem ao sexo feminino.

A província do Rio de Janeiro, com 116 escolas, dá ao sexo 36. No município da Corte, a sede do governo imperial, onde devia-se mais facilitar a instrução do povo, acham-se apenas criadas nove aulas de meninas!

As demais províncias apresentam proporcionalmente a mesma escassez de recursos para o cultivo da inteligência da mulher, e algumas há cujo estado de instrução pública não chegou ainda ao conhecimento do governo-geral.

Acrescentemos agora ao medíocre número dessas escolas a confusão dos métodos, das doutrinas seguidas pelas professoras, quase sempre discordes em seus sistemas, e, como já observamos, em grande parte sem as necessárias habilitações, e teremos, reduzido à expressão mais simples, o número da nossa população feminina que participa do ensino público e o grau de instrução que recebe.

XXXVII

No último relatório do ministro do Império, dando conta à Assembleia Geral da comissão de que fora encarregado às províncias do norte o nosso distinto poeta Gonçalves Dias, achamos uma prova do que acabamos de expender:

> A desarmonia em que se acham as disposições legislativas de cada província relativas a tão importantíssimo objeto, a deficiência do método no ensino das matérias, a multiplicidade e má escolha de livros para uso das escolas, o programa de estudos nos estabelecimentos literários, a insuficiente inspeção em alguns lugares e

a quase nenhuma em outros, e, finalmente, a pouca frequência e assiduidade dos alunos são outras tantas causas desse estado tão pouco próspero (...).

De tudo isto resulta a necessidade de uma reforma radical na instrução pública, dando-lhe um centro de unidade e de ação que a torne uniforme por toda a parte, e vá gradualmente extirpando os vícios e defeitos que têm até aqui obstado ao seu progresso e desenvolvimento.

Todavia, apesar deste e outros documentos oficiais, apesar do quanto se tem dito a respeito dos obstáculos que retardam os progressos do nosso ensino público, muitas pessoas recreiam-se aplaudindo a admirável rapidez com que marcha a civilização entre nós.

— Grande progresso tem feito a educação em nossa terra, dizem os que confundem de ordinário a instrução com a educação, a licença com a civilização! Possuímos na Corte grande número de colégios, donde saem cada ano jovens suficientemente instruídas e falando diversas línguas; vê-se multiplicarem-se os bailes, e uma infinidade de pais conduzirem, sem reserva, a eles suas famílias já sem o ridículo escrúpulo de outrora, que os fazia olhar essas *brilhantes* reuniões como um escolho[40] onde naufragava a virtude; não há representações de teatro e dança, por mais livres que sejam, onde se não tenha o prazer de contemplar, hoje, o *belo* sexo tomando parte no interesse dos espetáculos, sempre aplaudidos pelo nosso *ilustrado* público; a nossa mocidade já não precisa, para distinguir-se no *mundo*, de moldar suas ações pelas de nossos antepassados, que mais mereceram os respeitos e os encômios[41] de seus contemporâneos.

Nós, porém, que não costumamos julgar da educação e dos progressos de qualquer povo pelas numerosas instituições de bailes, nem pelo desprezo da mocidade pelas coisas mais respeitáveis, iremos por diante em nossa ligeira análise, estendendo-a a todo o Brasil, em muitos lugares do qual as gerações se vão ainda sucedendo, sem alteração sensível de progresso.

---

40. Escolho: recife; risco moral ou emocional.
41. Encômios: elogios, louvores.

XXXVIII

Quando o mesmo governo confessa, à vista de provas autênticas, *ser por toda a parte do Brasil pouco lisonjeiro o quadro que apresenta o estado da instrução pública*, devemos nós regozijarmo-nos da marcha progressiva de nossa civilização? Cometeríamos um grande ato de injustiça se, como aqueles seus apologistas, deslumbrados da perspectiva fosforicamente brilhante das reuniões de nossas capitais, entre as quais tanto sobressaem as desta Corte, *foco* da civilização brasileira, esquecêssemos as nossas meninas do interior das províncias, condenadas ainda à sorte de suas mães sob o regime colonial.

Demais, sem precisar ir longe da capital do Império, não se vê ainda em algumas casas a mulher tal qual a descreveu Ferdinand Denis, quando viajou entre nós? Depois de falar dos melhoramentos da sociedade do Rio de Janeiro diz ele:

> *Si nous descendions de nouveau dans l'intérieur des maisons brésiliennes, nous verrions qu'au fond du sanctuaire de famille, à l'ombre des anciens pénates, se conservent encore la plupart des vieilles coutumes. Là, on voit faire encore la sieste, pendant des heures, sans que l'activité toujours croissante des Européens change rien à cette coutume; là, les dames brésiliennes qui ont paru à l'église vêtues de nos modes françaises retrouvent le costume brésilien (...). Rarement assise, presque toujours accroupie sur les talons, la dame brésilienne fait de la dentelle, comme on en fabriquait au seizième siecle. Elle donne des férules à ses négresses (...).*[42]

Insistamos, portanto, em clamar energicamente contra a escassez de meios de educação, que assim expõe grande parte de nossas mulheres a merecer tão acre censura!

---

42. "Se retornássemos ao interior das casas brasileiras, veríamos que, no âmago do santuário familiar, à sombra dos arcaicos penates, ainda se preserva a maioria das antigas tradições. Ali, ainda se pratica a sesta por horas a fio, sem que a atividade, cada vez mais intensa entre os europeus, altere esse costume; ali, as senhoras brasileiras, que, na igreja, vimos vestir nossas modas francesas, voltam a adotar os trajes brasileiros (...). Raramente sentada, quase sempre agachada sobre os calcanhares, a mulher brasileira confecciona rendas tal como se fazia no século XVI. E administra castigos físicos às suas negras (...)." (Ferdinand Denis. *L'Univers: Histoire et description de tous les peuples — Brésil.* Paris: Firmin Didot Frères, Éditeurs, 1838, p. 126. Tradução nossa.) (N.E.)

A desproporção que demonstramos haver entre as escolas públicas de ensino primário apresenta-se mais considerável, ainda, nos estabelecimentos particulares de merecido renome, quer na corte, quer fora dela.

Não somente os que pertencem ao sexo são em muito menor número, mas também não oferecem geralmente um estudo regular do ensino secundário, ensino vedado, ainda hoje, às nossas meninas em estabelecimento público; e nos particulares nenhuma aula existe de alguns dos ramos das ciências naturais, cujo estudo tão agradável e útil seria às mulheres, que nascem, vivem e sentem no meio da nossa rica natureza tropical.

Com grande prazer vamos vendo muitos dignos brasileiros, animados hoje do verdadeiro espírito de progresso, irem triunfando do indiferentismo e apatia de seus antepassados para se porem à frente do ensino da mocidade, em diversos pontos, principalmente desta província e da de Minas. Congratulamo-los por tão nobre empresa, e fazemos sinceros votos pelos prósperos resultados de sua louvável dedicação. Mas não podemos deixar de sofrer quando, enumerando esses novos estabelecimentos, nenhum encontramos pertencente ao sexo feminino!

Nestas províncias, encontram já meios de instruir-se em diversos ramos do ensino os rapazes, que outrora iam com mais ou menos dificuldades procurá-lo longe de suas famílias; entretanto, as meninas, cujos pais por justas considerações não ousam aventurá-las em uma longa ausência de suas vistas, acham-se ainda privadas dessa vantagem!

Os provincianos, mormente os que viveram algum tempo na parte mais ilustrada da Europa, deveriam desprezar destarte a educação da mulher? Alguns, possuindo grande fortuna, não poderiam em suas respectivas províncias obviar-lhe os males provenientes da falta de educação, atenuando, senão preenchendo em geral, a lacuna deixada pelo governo!

Entregamos à consideração dos mais cordatos e amigos do progresso este expediente, aliás de tanto momento para as províncias a que se prezam de pertencer.

XXXIX

Falamos conscienciosamente das causas que estorvam os progressos de nossa educação concernentes à negligência dos governantes e à inaptidão da maior parte dos encarregados do ensino de nossa mocidade. Da mesma sorte o faremos agora a respeito dos pais de família, a cujo bom senso recorremos como a uma âncora de salvação, para subtrair as gerações nascentes ao naufrágio de que as ameaçam, apenas saídas do porto, os princípios subversivos e funestos inculcados à infância.

Enquanto os homens do poder se ocupam dos melhoramentos materiais, esperamos confiantes daqueles um remédio mais pronto e, porventura, mais profícuo ao nosso melhoramento moral.

A leviandade, comum a quase todos os povos, de julgarem as coisas pela aparência, tem grande elastério[43] entre nós. Apesar de nos ter a experiência inúmeras vezes mostrado quanto há de perigoso nesta leviandade, nenhuma precaução tomamos para triunfar dela, ao menos naquilo que tanta influência pode ter no porvir de nossos filhos.

O geral dos pais avalia quase sempre a excelência do estabelecimento, onde manda educar suas filhas, pelo grande número de alunas que contém. Ouvimos por vezes dizer-se: *o colégio em que está minha filha é excelente, tem muitas meninas*: sem importar saber se essa afluência é devida às condições materiais do estabelecimento e ao atrativo sempre poderoso de ostensivas promessas, ou ao mérito real da pessoa que o dirige.

Conhecemos outrora uma diretora que, não querendo fazer conhecido, por fúteis exteriores, o seu gosto pelo magistério, grandes dificuldades teve a superar para colocar-se, como depois se achou, à frente de um dos mais frequentados estabelecimentos desta Corte. Impelida então pelo desejo de acelerar os progressos de suas alunas, ela fixou um certo número, não admitindo outras sem vagar algum dos lugares preenchidos. Este procedimento admirava em extremo a todos de quem era conhecido, pois não se compreende que no magistério deve haver um interesse mais nobre que o do miserável ganho

---

43. Elastério: energia ou força moral.

pecuniário, interesse colocado pelos verdadeiros amigos da educação da mocidade à frente de todas e quaisquer outras considerações.

Para que uma diretora hábil e solícita possa obter grandes resultados da educação física e moral de suas alunas, será preciso que o número destas se conforme com o tempo que ela pôde dar-lhes, velando por si mesma todo o ensino, o que uma substituta não poderá fazer tão completamente como ela.

Daí a vantagem que achamos na educação dirigida pelas próprias mães, quando estas possuem os predicados para bem desempenharem tão difícil tarefa.

XL

Sempre divergimos dos que preferem a educação pública à particular, para as meninas principalmente. Não desconhecemos a vantagem da tão preconizada emulação das classes como incentivo necessário aos progressos dos estudos; mas como pouca diferença haja aparentemente da emulação à inveja, e mais pouca atenção ainda se tenha em fazer os discípulos discriminarem aquela virtude deste vício, muita vez confundidos em certos espíritos, não quiséramos expor as nossas meninas às fatais consequências de uma paixão, que tem por mais de uma vez funestado a existência da mulher.

Poucas diretoras sabem inspirar a emulação a suas alunas, conduzindo-as com esclarecida prudência pelo declive perigoso das raias da inveja, de sorte a garanti-las de resvalarem em seus funestos domínios; porém, mais poucas são, ainda, as discípulas capazes de compenetrar-se da utilidade de uma, e das tristes consequências da outra, sujeitas como elas se acham às duas tão opostas atmosferas em que respiram a família e o colégio.

> A emulação, diz um escritor moralista, é uma paixão nobre e generosa, que só tem por objeto a virtude; assim, não tende ela a rebaixar os outros, nem a desmerecê-los; sem querer que sejam menos estimáveis, exprobra-nos o intervalo que medeia entre eles e nós; se é suscetível de mau humor, fá-lo nos sentir somente, sem rancor

aos que nos excedem. A inveja, pelo contrário, é uma paixão baixa e ignóbil, que, por seu amargor, corrompe a virtude: desejando manchar o lustre das boas ações com um sopro peçonhento, a inveja aspira subir para ver os outros inferiores. A primeira é uma filha do céu e um resto da grandeza para que nascera o homem; a outra, um fruto do inferno e do demônio, que se perdeu a si por ela, servindo-se desse veneno contagioso para perder o primeiro homem.

E pois, como além de temermos esta arriscada alternativa, estamos intimamente convencidos de que nenhuma diretora poderá fazer de nossa filha aquilo que nós poderíamos conseguir fazer, decidimo-nos pela educação feita, sob o teto paternal, pelas mães em condições apropriadas. Para o que desejaríamos proporcionar a todas conhecimentos, aptidão e gosto para preencherem elas mesmas, como deveriam, a honrosa e sublime missão de preceptoras de suas filhas.

Uma mãe bem-educada e suficientemente instruída para dirigir a educação de sua filha obterá sempre maiores vantagens, aplicando-se com terna solicitude a inspirar-lhe como emulação o sentimento da própria dignidade, que qualquer diretora não conseguiria obter de suas educandas.

Para provar esta asserção bastaria a experiência de duas meninas de idênticos recursos intelectuais, submetidas uma aos cuidados de sua mãe, mulher de bons costumes e nas condições que acima apontamos, dando-se a possibilidade de conservá-la sempre sob suas vistas; outra sob a direção de uma preceptora (supomos também com iguais habilitações), de comum com grande número de companheiras, imitando ou sobressaindo a todas na aplicação dos estudos. Aos 18 anos estas duas jovens poderão ser perfeitamente instruídas, mas não igualmente educadas e possuindo o mesmo grau de simpleza. A primeira será a esquisita delicada flor da estufa, desabrochando as suas lindas pétalas de uma corola não tocada por impuros insetos, esparzindo o precioso aroma da inocência e da candura; a segunda, a flor dos jardins, exposta ao contato de malignos insetos e às variações da atmosfera que lhe tiram por vezes o aroma, quando ela conserva ainda o brilhantismo de suas cores.

Uma tal experiência seria, porém, quase impossível fazer-se entre o povo, em que a mulher não é ainda o que deve ser — a primeira educadora de seus filhos —, a mais útil amiga do homem.

Enquanto, pois, ela não atingir esse estado em que esperamos vê--la um dia colocada, é de vigorosa necessidade para os pais recorrerem aos colégios cujas diretoras sejam reconhecidas por seu zelo e dedicação ao ensino. Ali, ao menos, a menina gozará de duas vantagens: a de seguir os estudos em horas para isso reguladas e a de não se achar tão em contato com os escravos, cláusula essencialmente necessária para o bom resultado da educação.

Já que tocamos em uma das causas capitais da pouca morigeração de nossa mocidade, desenvolvamo-la de pronto, com o laconismo a que nos obriga o título deste escrito.

XLI

Um prejuízo muita vez fatal à infância, um crime, diremos nós altamente, introduziu-se no Brasil, porque não é ele de origem brasileira; é o que leva as mães a negarem, por miseráveis considerações mundanas, seu seio aos seus recém-nascidos. Nada nos parece tão revoltante como ver uma mãe, sem causa justificada pela natureza, consentir que seu filho se alimente em seio estranho.

Se Rousseau, com o seu *Emílio*, fez corar as mães francesas pelo esquecimento em que estavam desse primeiro dever da maternidade, em França, onde as amas têm mais ou menos alguma educação, e se distinguem pelo asseio; o que sentiriam as mães brasileiras, que bem compreendessem aquele livro, à vista de seus filhos pendentes do seio de míseras africanas, que passam muita vez do açoite, na casa de correção ou nas dos próprios senhores, ao berço do inocente para oferecer--lhe seu leite?

Entretanto, é esta a primeira lição preparada ao menino brasileiro, lição que bebe com esse leite impuro, e lhe vai com ele contaminando assim o físico como o moral.

Antes mesmo de saber articular sons distintos, grande parte dos nossos meninos já se apercebe de ter naquela que lhe dá o alimento uma escrava submissa a seus caprichos. Antes de compreenderem o que é mandar e obedecer, eles sabem com gestos exercer o comando e exigir a obediência; o vocábulo imperioso — quero — é pronunciado de comum com os de mamã e papá. Estes têm quase sempre a imperdoável fraqueza de não somente lhes ensinar aquele som vago para a pequena inteligência que o escuta e repete, mas ainda a de aplaudirem a *sedutora graça* com que o fazem, ensinando-lhes assim a contraírem o hábito da impertinência, e isto porque tais graças os divertem!

É um erro muito vulgarizado, principalmente entre nós, supor que as crianças nada perdem nessa primeira idade vendo, ouvindo e imitando os maus exemplos praticados em torno delas. Não se advertindo que a educação, para ser perfeita, deve começar do berço, persiste-se em deixá-las, em plena liberdade, seguirem todas as suas fantasias sob o pretexto de *não saberem elas ainda o que fazem.* O sábio Fénelon, em seu livro *De l'Éducation des filles*, falando desse primeiro período da infância diz:

> *Ce premier âge, qu'on abandonne à des femmes indiscrètes et quelquefois déréglées, est pourtant celui ou se font les impressions les plus profondes, et qui, par conséquent, a un grand rapport à tout le reste de la vie.*
>
> *Avant que les enfants sachent entièrement parler, on peut les préparer à l'instruction. On trouvera peut-être que j'en dis trop: mais on n'a qu'à considérer ce que fait l'enfant qui ne parle pas encore; il apprend une langue qu'il parlera bientôt plus exactement que les savans ne sauroient parler les langues mortes qu'ils ont étudiées avec tant de travail dans l'âge le plus mûr.*[44]

"O menino", diz ainda Santo Agostinho,

---

44. "Esse primeiro estágio, com frequência relegado a mulheres indiscretas e, por vezes, desregradas, é, no entanto, o período em que se formam as impressões mais profundas e, portanto, tem uma grande relevância para o restante da vida.
Antes que as crianças aprendam a falar propriamente, é possível prepará-las para a instrução. Talvez pareça que estou exagerando, mas basta considerar de que é capaz a criança que ainda não fala; ela aprende uma língua que em breve falará com maior correção do que aquela dos sábios ao falarem as línguas mortas que estudaram com tanto afinco na idade mais madura." (Fénelon. *De l'Éducation des filles*. 10. ed. Paris: Hachette, 1909, p. 13. Tradução nossa.) (N.E.)

entre seus gritos e seus brinquedos, nota a palavra que é sinal do objeto: e o faz ora considerando os movimentos dos corpos naturais, que tocam ou mostram os objetos de que se fala, ora sendo tocado pela frequente repetição da mesma palavra para significar o mesmo objeto. É certo que o temperamento do cérebro das crianças lhes dá uma admirável facilidade para a impressão de todas as imagens: mas que atenção de espírito não é preciso para discerni-las e para referi-las aos objetos?

Não obstante ver-se, todos os dias, os atos dos nossos meninos comprovarem a justeza dessas observações, feitas por dois grandes órgãos das verdades cristãs, obstina-se, todavia, em fechar os olhos a tais atos, sem dúvida simples em seu começo, mas de tanto momento quando as ideias abrangem um certo espaço no mundo moral.

Em piores condições que as do povo entre o qual escrevia Fénelon acham-se os brasileiros. Entretanto, grande parte destes vê ainda, sem repugnância, seus filhos nos braços de desmoralizadas escravas, ou por elas acompanhadas, irem de uma a outra parte na habitação e fora dela. Quantas vezes temos tido ocasião de ver e lamentar essas criaturazinhas impregnadas já do hálito contagioso das más companhias inutilizarem as profícuas lições de uma moral pura e fácil de seguir! Para essa desgraça muito concorrem as mães, que se achando no caso de moralizar suas filhas, em vez de retê-las, como devem, junto a si, habituando-as aos bons costumes, instruindo-as com ações e palavras edificantes, folgam de poder desembaraçar-se do *aborrecimento* causado pelo *choro* ou *motim* das crianças, encarregando as *pretas* de acalentá-las ou distraí-las!...

XLII

Todo o serviço do interior das famílias sendo feito entre nós por escravos, a menina acha-se desde a primeira infância cercada de outras tantas perniciosas lições, quantas são as ocasiões em que observa os gestos, as palavras e os atos dessa infeliz raça, desmoralizada pelo cativeiro e condenada à educação do chicote!...

Sua nascente sensibilidade se habitua gradualmente a esse espetáculo afligidor, repetido quase diariamente à sua vista; não é raro vê-la (com horror o dizemos) infligir o mais cruel tratamento à própria ama que a amamentou, a qual é algumas vezes indiferentemente vendida ou alugada como um fardo inútil, apenas acaba de ser-lhe necessária!

Esta revoltante ingratidão é um dos mais detestáveis exemplos dados à menina, que tendo um dia de ser mãe, o transmite por seu turno a seus filhos!

De um lado os mais rudes tratamentos do senhor para com o escravo, do outro a impotência deste em repelir um jugo anticristão, sancionado pela mais tirânica das leis, e a necessidade do artifício para iludir o senhor e atenuar os sofrimentos da escravidão, tais são os quadros constantemente apresentados na vida doméstica às crianças, que crescem e se vão pouco a pouco insinuando em diversas perigosas práticas, passando dos aposentos de seus pais aos quartos das escravas, que as pensam.

Assim, aquele embrião de inteligência envolvido na epiderme de uma graça factícia[45] desenvolve-se nas condições mais contrárias ao seu futuro engrandecimento.

E ninguém atenta para as desfavoráveis impressões que desta arte vai a infância recebendo, e gravando na cera, que conforme a expressão de Homero tem-se na alma, onde se conservam com traços mais ou menos distintos; impressões que, semelhante a sutil veneno, lhe destroem por vezes as melhores disposições naturais!

Trata-se de embelecer por todos os meios da arte o exterior das nossas meninas, o qual poderíamos comparar à haste ascendente de uma tenra planta, entretanto que se vai deixando com inqualificável negligência a haste descendente receber de um mal terreno, sem preparação alguma, nutrição viciada que terá de transmitir à planta em geral a sua perniciosa influência...

Aos tristes inevitáveis resultados do constante viver dos meninos em contato com escravos reúnem-se outros escolhos não menos funestos à sua educação, sendo um dos mais revoltantes o pouco respeito havido entre nós para com a inocência.

---

45. Factícia: artificial.

Nada é mais comum no Brasil do que o uso por demais condenável de se falar sem nenhuma reserva perante as crianças. Há mesmo aí quem, pelo *simples* desejo de um passatempo agradável, as entretenha sobre assuntos que fariam corar a homens bem morigerados em qualquer idade!

Por toda a parte encontram elas uma ação, um gesto, um riso indiscreto em certas ocorrências, que as vão iniciando em tenebrosos conhecimentos, quando o espírito não tem ainda suficiente luz para guiá-las nesse tremendo dédalo, nem a alma assaz de energia para repelir insinuações que tanto degradam a espécie humana e tanto horror deviam inspirar aos povos cristãos.

XLIII

Se é lamentável o quadro de indiferentes procurando murchar com seu hálito pestífero[46] a flor da inocência, quando apenas desabrocha nessa mocidade, que se vai enervando nos vícios, e abrindo, sem o prever, um abismo insondável a si e à pátria; mais lamentável é ainda o espetáculo pungente de uma conduta desregrada, dado por alguns pais a seus próprios filhos!

Acumulando em torno deles matérias inflamáveis prestes a incendiá-los ao contato de uma primeira centelha, esses pais, engolfados no turbilhão das paixões ou entregues ao torpor da ignorância, não preveem, nas explosões parciais repetidas todos os dias às suas vistas, a explosão geral que surdamente se prepara pela viciada educação da nossa mocidade...

Repugnando-nos enunciar os numerosos fatos, que comprovam esta verdade, fatos, aliás, patentes a todos mesmo no santuário da família, citaremos algumas linhas do doutor Rendu tiradas de seu livro *Études sur le Brésil* publicado em 1848.

> *Les jeunes brésiliens sont souvent pervertis presque au sortir de l'enfance; outre l'exemple de leurs pères qu'ils ont sous les yeux, garçons et filles,*

---

46. Pestífero: pernicioso; pestilento.

> *maîtres et esclaves, passent ensemble la plus grande partie de la journée à demi vêtus; la chaleur du climat hâte le moment de la puberté, les désirs excités par une éducation vicieuse (...) les précipite bientôt dans un abattement physique et moral. Pour remédier à cette dépravation qui atteint la populalion jusque dans sa source, il faudrait une révolution complète dans les moeurs du pays; mais tant que l'esclavage subsistera, en vain indiquera-t-on les causes du mal (...).[47]*

Essa revolução nós a desejamos ardentemente. Quaisquer que sejam os meios para isso empregados, contanto que possamos obter o melhor dos resultados a que aspiramos para o porvir venturoso de nossa terra.

Todos os viajantes estrangeiros, que têm vivido no Brasil, são mais ou menos de acordo na análise que fazem de nossos costumes: aqueles mesmos, cuja simpatia pelos brasileiros é uma garantia da imparcialidade de seu juízo emitido a respeito, tais como o ilustre botânico A. de Saint Hilaire, a quem ouvimos, ainda em 1851, falar dos brasileiros com a mais entusiástica afeição, referem muitos casos por eles testemunhados em Minas, Goiás, São Paulo, etc. que demonstram evidentemente o triste estado da nossa civilização.

Conquanto tais análises por severas nos revoltem, temos a consciência de que são merecidas. Custa infinitamente ouvir verdades que ferem o nosso orgulho nacional; mas nós somos da opinião dos que transpõem as raias da individualidade para ocupar-se do bem geral, e pensamos que se deve sufocar o mal-entendido orgulho, que nos faz persistir em inveterados erros, atraindo-nos a justa censura das nações cultas. Tratemos de seguir-lhes o exemplo, não no que elas conservam ainda de ridículo, que duplicadamente ridículo tão bem imitamos, perdendo o nosso tipo americano sem obtermos a perfeição europeia, mas sim no que essas nações contêm de útil, belo e grande.

---

47. "Com frequência, os jovens brasileiros são corrompidos quando estão prestes a sair da infância; além do exemplo de seus pais, que mantêm os filhos sempre à vista, rapazes e moças, sejam senhores ou escravos, passam juntos a maior parte do dia, seminus; o clima quente antecipa a puberdade, os desejos exaltados por uma educação viciada (...) logo os lançam em um abatimento físico e moral. Para remediar essa depravação que atinge a população em seu próprio âmago, seria necessária uma revolução completa nos costumes do país; mas, enquanto persistir a escravidão, em vão apontaremos as causas do mal (...)." (Alp. Rendu. *Études topographiques, médicales et agronomiques sur le Brésil*. Paris: J.-B. Baillière, 1848, p. 19-20. Tradução nossa.) (N.E.)

XLIV

Copiemos antes de tudo a educação que naqueles países se dá à mocidade; imitemos principalmente os ingleses no respeito à religião e à lei; os alemães no hábito de pensar e no empenho de elevarem-se acima de todos os povos pelo estudo e pela reflexão; os franceses em seu espírito inventor, e em suas generosas inspirações civilizadoras: a todos no gosto pelo trabalho e no desejo sempre progressivo de engrandecerem--se por seu engenho e atividade.

Quando vemos naquelas nações tomarem-se todos os dias novas medidas para se melhorar mais a educação de sua mocidade, a qual tão inferior se acha e se achará talvez por séculos ainda a nossa, o coração se nos contrai no peito ao contemplarmos o nosso Brasil tão rico, tão grandiosamente excedendo a todas as nações do mundo em recursos naturais, precisando lutar ainda no século XIX com grandes dificuldades para oferecer às suas mulheres uma tênue parte da instrução, que as classes mais baixas daqueles países da Europa e dos Estados Unidos podem facilmente obter!

Não é porém a falta de erudição que mais devemos lamentar, ela poderá desaparecer mais tarde; a luz brilha nas trevas, e para logo as trevas deixam de existir. A ignorância de nossas mulheres poderá ser um dia substituída por conhecimentos que as tornem dignas de renome. Mas o mesmo não acontecerá a respeito da viciada educação, que como incêndio vai lavrando pelo centro das famílias e deixando-lhes consideráveis vestígios, que nenhuma instrução conseguirá apagar.

O espírito pode enriquecer-se de belos e úteis conhecimentos em todas as idades antes da decrepitude. Voltaire aprendeu a música no último período de sua vida longa de 84 anos. Muitas grandes inteligências cujos preciosos legados a humanidade desfruta atingiram, como Rousseau, a idade adulta sem as profundas luzes que fazem hoje a nossa admiração. Só a educação para produzir salutares efeitos deve acompanhar o indivíduo desde a infância.

Nas condições pois já mencionadas, em que se acham as nossas meninas, impossível lhes será adquirirem o hábito das boas práticas, cujo todo constitui a base de uma completa educação; porquanto grande parte das mães, longe de se esforçarem por diminuir os prejudiciais efeitos de tais condições, lhes vão por seu turno inculcando princípios demasiadamente arriscados para elas no futuro. Aquelas, que melhor que ninguém podiam inspirar-lhes sentimentos simples e benignos, são quase sempre as primeiras em dar-lhes, uma o espetáculo de sua iracúndia;[48] outra o de deleixo,[49] ou de um luxo ruinoso, que levam as famílias à miséria e à dissolução; esta o de certas teorias levianas, tidas como inocentes, mas de tão graves consequências para a mulher, que lá se está formando nesse pequeno ser compilador atento, chamado: menina.

Outras ainda têm a indiscrição de deixar suas filhas aperceberem-se de suas desinteligências domésticas. Quem há aí que não tenha visto certas mães, esquecidas do que devem a si mesmas e à moral de seus filhos, patentearem a estes, bem vezes com desabrida imprudência, os seus desgostos reais, ou indiscretos ciúmes? Algumas cometem até a imperdoável falha de inspirar-lhe antipatia por aquele que lhes deu o ser, a fim de os atrair melhor à sua causa.

Nada por certo é mais prejudicial à educação das filhas do que as repetições dessas cenas domésticas, natural ou artificiosamente representadas pelas mães, manifestando o resfriamento dos deveres impostos pela sociedade, e mantidos pelo bom senso e pela religião no seio das famílias pensadoras, compenetradas do empenho de firmarem o venturoso porvir dos tenros seres, que se vão modulando pelos exemplos daquela, cuja voz mais império tem sobre seus corações.

Uma mãe é então o quadro mais eloquente, para lhes servir de norma em sua conduta futura, o modelo que devem primeiro copiar; se esse modelo não é perfeito, como poderá a menina apresentar uma cópia perfeita?

XLV

Algumas naturezas privilegiadas se mostram, entretanto, pelo meio de nós, isentas do contágio desses perniciosos exemplos, não obstante acharem-se deles rodeadas desde a infância; e se algum lenitivo[50] podemos

---

48. Iracúndia: tendência a irar-se.
49. O mesmo que desleixo. (N.E.)
50. Lenitivo: aquilo que alivia, acalma.

ler, na desordem em que se acha o sistema de nossa educação, é por, sem dúvida, o quadro que nos apresentam elas. Muitas de nossas brasileiras, apesar da atmosfera de subversivos princípios em que respiram, são, todavia, o modelo do sexo e a honra da humanidade. Filhas, elas respeitam seus pais, lamentando no silêncio da alma suas faltas, seus crimes, se os cometem, sem que a mais ligeira censura lhes escape dos lábios; esposas, seu coração se compenetra religiosamente de seus deveres, e folgam de sacrificar a seus esposos toda a ventura de sua vida, antepondo à sua inconstância ou à sua dureza a incessante prática das virtudes domésticas; mães, dirigem com perseverante zelo a educação de seus filhos, afastando-os dos cardos, que lhes juncam o trânsito da primeira mocidade, e chorando seus desvios quando não podem deles preservá-los! A vida é para tais naturezas uma luta constante, de que saem sempre vitoriosas, mas não felizes, porque não podem harmonizar seus nobres sentimentos com a degeneração de seu semelhante, que amam, e que desejariam ver trilhando a senda da moral e da equidade.

Felizes os homens a quem tais naturezas cabem em partilha; mais felizes as meninas, cujos pais, guiados por um espírito reto e esclarecido, trabalharem para remover as causas destruidoras das boas disposições com que as dotara a natureza. Se a generalidade de nossas mulheres não pode referir-se àquela exceção, é porque a isto se opõem não somente os obstáculos já apontados, mas também o costume nocivo, tão ridículo e geralmente admitido entre nós, de emprestar às crianças maneiras contrafeitas e inspirar-lhes gostos próprios da idade adulta. Assim, os meios empregados de ordinário para o seu desenvolvimento moral tendem palpavelmente a destituí-las de certa naturalidade, a cujo encanto não consegue equiparar-se a aquisição de todas as prendas ensinadas.

A menina alemã, inglesa, e mesmo a francesa é um pequeno tesouro de graças naturais; respirando a mais pura inocência, exprimindo com mais ou menos espírito, porém sempre naturalmente, a ingenuidade da sua alma, refletida em sua fisionomia infantil, como os primeiros raios do sol da primavera de seu país natal se refletem nos feiticeiros lagos de seus aromáticos jardins.

E o que é da menina brasileira? A fé que a não podemos encontrar nessas pequenas criaturas apertadas nas barbatanas de um espartilho, penteadas e vestidas à guisa de mulher, afetando-lhe os meneios e o tom, destituídas muita vez de toda a simpleza e candura que constituem o maior atrativo da infância.

> *L'enfance avec ses grâces naives n'existe pour ainsi dire pas dans ce pays* [diz um dos viajantes já citados]. *A sept ans le jeune brésilien a déjà la gravité d'un adulte; il se promène majestueusement, une badine à la main, lier d'une toilette qui le fait plutôt ressembler aux marionnettes de nos foires qu'à un être humain; au lieu de vêtements larges et commodes qui permettent aux membres de libres mouvements, il est affublé d'un pantalon fixé sous les pieds et d'une veste ou d'un habit qui l'emprisonne et l'étreint. Rien de triste, selon nous, comme ces pauvres enfants condamnés à subir les exigences d'une mode absurde* (...).[51]

Infelizmente para o sexo as nossas meninas fornecem mais amplos e tristes exemplos para esta análise.

XLVI

Não há muito tempo, teve lugar em um colégio desta corte, em presença de oitenta alunas, um espetáculo dolorosíssimo cujo conhecimento ofereceria aos escritores estrangeiros matéria para um capítulo assaz frisante sobre a história dos nossos costumes.

Uma menina de 6 anos frequentava como externa aquele colégio. Anjo de gentileza e de candura, baixado ao mundo infecto dos homens, ela captava a simpatia de todos e inspirava profundo interesse à diretora que, vendo-a respirar com dificuldade sempre que entrava para as classes, tinha o cuidado de afrouxar-lhe o espartilho que lhe

---

51. "A infância, com suas graças ingênuas, praticamente não existe neste país. Aos sete anos, o pequeno brasileiro já tem a seriedade de um adulto; ele passeia majestosamente, com uma vara na mão, vestido de uma maneira que o faz se assemelhar mais às marionetes de nossas feiras do que a um ser humano; em vez de roupas largas e confortáveis, que permitem movimentos livres, ele é ataviado com uma calça fixada sob os pés e um paletó ou casaco que o aprisiona e aperta. Nada mais triste, na nossa opinião, que a forma como essas pobres crianças são condenadas a suportar as exigências de uma moda absurda (...)." (Alp. Rendu. *Études topographiques, médicales et agronomiques sur le Brésil*. Paris: J.-B. Baillière, 1848, p. 13-14. Tradução nossa.) (N.E.)

oprimia o peito a tal ponto! Por vezes ponderou à mãe da inocente supliciada as funestas consequências, que podiam resultar de lhe comprimir assim os tenros órgãos, os quais tanto necessitam de livres movimentos para bem desenvolver-se.

Baldadas foram tais observações, que os médicos de nossa terra deveriam em honra de sua nobre missão fazer incessantemente às mães de família, porquanto os conselhos do homem da ciência, do consolador da humanidade obteriam em tais circunstâncias mais resultado do que os das diretoras e amigas!

Depois de haver passado parte de uma noite no teatro, constrangida no espartilho, para atrair à indiscreta mãe elogios pelo seu bom gosto de vesti-la, a pobre inocentinha submeteu-se ainda, na manhã seguinte, a um novo processo de aperto ataviando-se para o colégio. Apenas entrou em sua classe, a diretora viu-a vacilar querendo sentar-se; voa a tomá-la nos braços, desabotoa-lhe o vestido... era já tarde! A pobrezinha, soltando um doloroso ai, tinha expirado, vítima da vaidade de sua mãe!

Esta, sendo advertida, correu muito tarde para receber o derradeiro ósculo[52] de sua filha, porém muito cedo para contemplar a obra de seu louco desvanecimento! A martirizada cintura da inocente simulava as dos penitentes do fanatismo, ou antes das vítimas do Santo Ofício! Espetáculo lastimoso e revoltante por ter origem na pretensão de uma mãe a tornar sua filha notável pelo artifício do corpo! A ocasião pareceu oportuna à diretora para tentar uma reforma no espírito de suas alunas, abalado profundamente à vista daquela triste florzinha, ceifada tão de chofre[53] e prematuramente pelo fatal abuso de uma moda, a que sem escrúpulo se sacrifica entre nós a saúde das meninas.

Falou-lhes dos deveres inerentes ao cristão; do quanto é essencial conservar a pureza da alma para que a Eternidade nos surpreenda em paz em qualquer idade ou situação da vida, e demonstrou-lhes o perigo que correm os que se ocupam do físico em preferência ao moral. Suas palavras eram verdadeiras porque partiam do coração, eloquentes porque lhas inspirava a presença de um féretro![54] Não podiam deixar de produzir impressão.

---

52. Ósculo: beijo.
53. De chofre: subitamente.
54. Féretro: lugar onde é colocado o corpo de um morto a ser sepultado; caixão, tumba.

As mães, a quem suas filhas noticiaram aquele acontecimento, cuja vista as havia tanto sensibilizado, lamentaram-no, e conosco horrorizaram-se de uma tão grande aberração da ternura e do bom senso materno! Mas em pouco a impressão desapareceu e mães esqueceram aquele resultado da criminosa vaidade de uma mãe!

Algum tempo depois os espartilhos, tirados às que haviam testemunhado essa pungentíssima[55] cena, voltaram de novo a comprimi-las.

A imagem da morte havia desaparecido, e a moda reconquistava todos os seus loucos e funestos excessos!

XLVII

As lições e os esforços de uma ou outra pessoa, desta ou daquela outra família nada podem contra a generalidade dos princípios e hábitos seguidos por uma nação inteira.

Um ou outro pai conseguirá educar bem seus filhos, mas não estando esta educação no espírito de seu país, eles permanecerão estrangeiros no meio de sua própria sociedade, e nada terá o país ganho com estas frações diminuídas da enorme soma dos prejuízos e erros que presidem à educação geral. Para cortar as cabeças sempre renascentes dessa hidra[56] moral seriam precisos outros tantos Hércules quantas são as ideias e práticas errôneas do nosso povo.

Enquanto o governo e os pais não reconhecerem o dano de tais práticas e se esforçarem por bani-las inteiramente, em vão uma ou outra voz se levantará para indicar os meios de um melhoramento, considerado ainda por muitos como utopia.

> "C'est la nature du gouvernement de chaque société", diz Mme. Coicy, "qui établit la nature de l'éducation, qui y donne la faiblesse ou la force, les vices ou les vertus".[57]

---

55. Pungentíssima: muito comovedora.

56. Hidra: aqui, referência à Hidra de Lerna, ser mitológico com corpo de dragão e várias cabeças morto por Hércules. Ao enfrentá-la, o semideus ia cortando-lhe as cabeças, e a cada uma que cortava duas surgiam em seu lugar.

57. "É a natureza do governo de cada sociedade que determina a natureza da educação, conferindo-lhe a debilidade ou a força, os vícios ou as virtudes." (Tradução nossa.) (N.E.)

Este princípio é incontestável, mas se na insuficiência de enérgicas medidas do governo para a reforma da nossa educação, apelamos para os pais de família, é porque estamos convencidos de que, em um país onde a escravidão é permitida, deles dependem principalmente os meios de subtraírem seus filhos a grande parte dos inconvenientes, que os prejudicam. Um desses inconvenientes é por sem dúvida a instrução superficial, isolada de uma educação severamente moral, que constitui de ordinário a superioridade das nossas meninas de hoje sobre as de outrora.

Desconhecendo-se, ou não se querendo seguir comumente o bom método de educar, vai-se usando com elas pouco mais ou menos daquele, com que foram suas mães educadas, acrescentando-se-lhe por vezes certa liberdade mal-entendida, e, por estar em moda, o ensino de algumas prendas vedadas outrora ao sexo.

Certo, o que se chama por via de regra no Brasil dar boa educação a uma menina? — Mandá-la aprender a dançar, não pela utilidade que resulta aos membros de tal exercício, mas pelo gosto de a fazer brilhar nos *salões;* ler e escrever o português, que apesar de ser o nosso idioma não se tem grande empenho de conhecer cabalmente; falar um pouco o francês, o inglês, sem o menor conhecimento de sua literatura; cantar, tocar piano, muitas vezes sem gosto, sem estilo, e mesmo sem compreender devidamente a música; simples noções de desenho, geografia e *história* cujo estudo abandona com os livros ao sair do colégio; alguns trabalhos de tapeçaria, bordados, crochê, etc., que possam figurar pelo meio dos objetos de luxo expostos nas salas dos pais a fim de granjear fúteis louvores a *sua autora.*

O desenvolvimento da razão por meio de bons e edificantes exemplos da família, o hábito de raciocinar, que se deve fazer contrair às crianças, ensinando-as a atentarem no valor das palavras, que proferem, e ouvem proferir aos outros, discriminar as boas das más ações, excitando-as a imitar aquelas e a reprovar estas, tudo isto se deixa na mais completa negligência: o que há de mais essencial a ensinar ou a corrigir guarda-se para uma idade mais avançada, repetindo-se sempre — ela é tão criança!

Assim, quando a menina passa da casa paterna para o colégio, leva no espírito o gérmen, algumas vezes tão desenvolvido, de mil pequenos vícios, que impossível ou muito difícil é desarraigar.

E quais são aí as educadoras, por mais dignas que sejam de exercer tais funções, que ousem contrariar inteiramente as opiniões e o gosto dos pais a respeito da educação de suas filhas? Seria exporem-se a ver suas aulas sem auditório, e, como já observamos, sendo o magistério em nossa terra por via de regra um objeto de especulação, grande cuidado se tem em transigir com os pais de família, embora com detrimento dos alunos.

É partindo desta experiência que tiramos a conclusão de que no Brasil não se poderá educar bem a mocidade enquanto o sistema de nossa educação, quer doméstica, quer pública, não for radicalmente reformado.

Debalde tentarão os diretores e mestres que pertencem à exceção da regra enunciada fazer de seus alunos indivíduos bem morigerados, conspícuos[58] e modestos, se os pais não forem os primeiros em inspirar-lhes estes princípios. Debalde esperarão os pais que tal fizerem, os devidos progressos destes princípios, se os mestres não possuírem as qualidades indispensáveis para preenchermos encargos do magistério.

Será, portanto, da comunhão das boas práticas de uns e de outros, que somente poderão sair homens e mulheres capazes de firmar o renome da nação brasileira, a qual, tão grandemente elevada pela natureza, tão pequeno espaço tem ainda conquistado no vasto e fértil campo da civilização moderna.

XLVIII

Por uma anomalia dos nossos costumes, no Brasil, onde a mulher nada é ainda pelo espírito e nenhuma liberdade goza das que utilizam e honram as mulheres do norte, onde o seu nome não se alistou até hoje no grande catálogo dos progressos humanitários por uma instituição qualquer de beneficência, são as mães quase sempre o árbitro exclusivo da educação das filhas, prerrogativa de que muitas se ufanam por não verem nela o indiferentismo, ou o desprezo hereditário de nossos homens pela educação do sexo.

---

58. Conspícuos: ilustres.

A elas, pois, incumbe particularmente prevenir ou corrigir as faltas dos primeiros anos, convencidas de que é um absurdo pretender que as meninas, a cuja educação doméstica não presidem os bons exemplos e o empenho constante de bem dirigi-las, possam depois aproveitar, em toda a amplidão, as boas lições que porventura venham a receber.

Atentem todas as mães brasileiras como convém ao seu próprio interesse, à dignidade da família e à glória da pátria na aurora do seu engrandecimento, para as propensões de suas filhas, e empreguem todos os seus esforços para arredá-las a tempo de tudo quanto possa animar as más, e enfraquecer as boas; evitem-lhes, sem que elas se apercebam até uma certa idade, as ocasiões de acharem-se em companhia de quem quer que seja longe de suas vistas, ou das de preceptoras esclarecidas, e dignas de sua confiança.

Transfundam nos tenros corações de suas filhas a inata doçura e as boas qualidades do seu, furtando-as aos exemplos de vaidade, de orgulho, e dos erros que tendem a destruir ou a inutilizar a sua obra. Resignem por amor delas o gosto imoderado pelos prazeres do mundo sem, todavia, abstê-las completamente deles; sendo que um e outro excesso lhes pode ser da mesma sorte prejudicial. É harmonizando distrações inocentes com úteis ocupações que uma mãe judiciosa deve procurar fortalecer o físico e o moral de suas filhas desde a mais tenra infância.

Procurem sobretudo habituá-las ao trabalho, apresentando-o como uma virtude necessária em todos os estados da vida, qualquer que seja a opulência do indivíduo, e não digno do desdém com que o olham certas classes.

As mulheres mais consideráveis das nações de que falamos sabem ocupar utilmente o tempo. A esposa, irmã e noras de Luís Filipe rodeavam de noite uma mesa redonda no palácio das Tulherias para fazerem serão. A esposa de Lamartine, e outras muitas mulheres que vivem na grande sociedade, e são obrigadas a sacrificar-lhe uma parte do seu tempo, têm, todavia, horas reservadas para o trabalho assim intelectual como material, alternando-o com obras de beneficência, em que grande parte delas se ocupa.

Um dos primeiros trabalhos de escultura, que admiramos em Paris na Igreja de São Germano L'Auxerrois, foi um grupo de anjos de mármore sustentando uma pia d'água-benta, cinzelado pela digna companheira do inimitável escritor francês. Por toda a parte encontram-se naqueles países primores de arte, em todos os gêneros, da mão das mulheres, que provam não somente o seu gosto e o estudo a que se dão, mas também o hábito do trabalho adquirido desde os verdes anos.

Não é nas representações teatrais, principalmente as de nossa terra, nem nas casas de baile, que entre nós muitas meninas frequentam de comum com o colégio, donde as mandam buscar, interrompendo seus exercícios escolares, para não perderem triunfos que inebriam as filhas e lisonjeiam os pais, nessa atmosfera viciada onde a *crocodílica* voz de improvisados galantes, ou de galantes parasitas, destrói quase sempre o efeito das mais severas lições de moral, que uma jovem donzela adquire o gosto e o hábito do trabalho; ainda menos à janela, ordinariamente telégrafo especial do resultado da ociosidade em que as deixam vegetar; é sim no lar doméstico ou fora dele, mas estimulada sempre pelos bons exemplos da família, e pelo nobre desejo de bastar-se a si mesma utilizando a humanidade.

Para guiar as meninas em tão grande e digno empenho será preciso vencer-se a fraqueza, que se tem de inspirar-lhes gosto por futilidades, as quais, dando-lhes apenas ligeiros matizes de boa educação, só lhes atraem passageiros sucessos, que lhes preparam bem vezes no futuro tristes e cruéis desilusões, senão a perda do repouso da consciência, a ruína total de sua felicidade.

XLIX

Tocamos de passagem no triste exemplo, apresentado às crianças, do desprezo e excessiva severidade empregada por alguns senhores para com os escravos, exemplo que tem já produzido parciais e praza a Deus[59] não produza gerais funestas consequências!

Acrescentaremos agora que é muito para desejar, que certas mães de família, a quem alguns desses infelizes têm a dupla desgraça de pertencer, retenham perante suas filhas os frequentes assomos de cólera, que as levam a vomitar grosseiras injúrias contra eles acompanhadas

---

59. Praza a Deus: o mesmo que "Deus queira"; tomara, oxalá.

muitas vezes de castigos corporais, que com horror temos visto consentirem, e até excitarem suas jovens filhas a aplicar-lhes elas mesmas!

Não se refletindo que o embrutecimento dos escravos, privados de toda a educação moral e religiosa, deve escusá-los de grande número de suas faltas, não se lhes tolera a mais ligeira desobediência, quando por toda a parte veem eles os que receberam educação cometerem em grande escala graves desobediências quer para com seus pais, quer para com as leis do Estado.

Porém, muitos senhores, não querendo reconhecer que sob o invólucro grosseiro do preto bate muita vez um coração nobre, generoso e capaz das maiores virtudes que honram a humanidade, creem comprar no homem ou na mulher sujeitos ao tirânico jugo da escravidão um animal de carga, ou um necessário autômato, cujas molas devem mover-se a gosto ou a capricho de seu dono!...

É tempo de fazer sentir à nossa mocidade que por entre esses infelizes, a quem se oprime de trabalho e de maus-tratos, negando-se-lhes até a liberdade de refletir, existem mães, filhos, irmãos, etc., que sofrem em silêncio sem outra defesa mais que suas lágrimas, sem outra garantia que a cega obediência, sem outra vingança que a sua muda oração a Deus!...

> Deus que nenhuma raça fez
> Para sobre uma outra ter
> Revoltante primazia,
> Ilimitado poder.

Mães brasileiras, afastai dos olhos de vossos filhos o espetáculo de uma opressão cruel, que lhes enerva a compaixão, e agrava mais a triste sorte desses míseros a quem deveis, como cristãs, caridosamente dirigir. Ensinai-lhes cedo a olhá-los como nossos semelhantes, e, por conseguinte, dignos de nossa comiseração no estado a que os reduziram nossos maiores.

A viva compaixão, que mostráveis quando meninas, como geralmente mostram todas as crianças, vendo-os sofrer castigos, prova incontestavelmente que uma conduta inversa não pode ser resultado de propensão natural, mas sim da fatal herança de antiquário bárbaro prejuízo que, graças aos progressos da civilização moderna, a voz da humanidade, criando cada dia novos prosélitos, conseguirá banir da face de todo o mundo cristão!

Procurai enfim refundir todos esses e outros costumes, tão contrários à civilização dos povos, em um quadro de edificantes e dignos exemplos, mais próprio a ser copiado pela nossa mocidade de hoje, e a torná-la feliz em um futuro que é só dela.

L

Em vez dos jogos de exercício, dos passeios campestres e de pequenos agradáveis trabalhos de uma utilidade real para a infância, acostumam-na em indolente languidez, que a faz por vezes contrair males precoces, a depender inteiramente, ainda nas coisas mais fáceis, do auxílio das escravas, sem as quais a mulher brasileira assim habituada nada pode nem sabe fazer.

Não se adverte que a virtude e o saber são os únicos bens indefectíveis; que somente eles podem acompanhar o indivíduo através dos vórtices morais, que aluem os palácios e os mesmos tronos, reduzindo à miséria os mais orgulhosos senhores de opulentas fortunas. Muitos pais no meio dessa opulência, nas cidades, ou em suas fazendas e engenhos, onde alguns vivem à guisa de verdadeiros baxás,[60] fazem alarde de rodear suas filhas, cujo espírito deixam em completo ócio, do prestígio frívolo da grandeza material, grandeza que bem vezes lhes sufoca até o sentimento de sua natureza, julgando-se de uma raça privilegiada, superior a todos os seus semelhantes sujeitos às eventualidades da fortuna.

Quando esses colossos de vaidade desabam da altura a que os elevara a pura matéria, confundem-se no mundo das inteligências com o pó levantado pelo tufão que passa, pondo em evidência toda a sua nulidade, e todo o horror de sua situação.

Prescindindo de outros muitos, a história da França moderna apresenta inúmeros exemplos da nenhuma estabilidade dessa opulência, que ensoberbece e desvaira muitas famílias, quando só deveriam

---

60. Baxás: sultões.

ver nela um meio de tornarem-se melhores, consolando a indigência e cooperando para o engrandecimento da pátria.

A nobreza francesa sob o antigo regime, educando suas filhas nos princípios aristocráticos que tanto a distinguiam, julgava bastante acrescentar ao conhecimento de sua ilustre linhagem e dos feitos d'armas dos seus varões o ensino superficial de algumas prendas adaptadas ao *brilho* de seu *nascimento*, então primazia indisputável nos direitos ao poder e à gloria, apesar dos vícios e dos crimes, que o haviam muita vez manchado.

O verdadeiro soberano das nações, o povo, esse vulto indelineável como lhe chama o sábio A. Herculano, abriu a cratera de sua reconcentrada cólera; e em pouco as grandes fidalgas, que haviam escapado à mão do algoz atrozmente descarregada sobre a linda cabeça de sua virtuosa e infeliz rainha, fugiam espavoridas[61] ocultando o nome cujo prestígio as embriagara, ou definhavam de miséria e de dor nas águas furtadas de Paris, e algumas, baldas de uma instrução sólida, serviram de damas de companhia, de aias de crianças nas casas de famílias burguesas, tão desdenhadas outrora por elas!

A lição havia sido tremenda, não podia deixar de aproveitar-lhes.

Desde então a nobreza compreendeu que não devia limitar a instrução de suas filhas ao conhecimento das etiquetas do grande mundo e ao da enumeração de seus títulos, que de nada valem, nem utilizam nas crises que dissipam as ilusões de um nome herdado, de uma glória factícia. Hoje são elas educadas em princípios mais conformes à humanidade, e procuram adquirir sólidos conhecimentos no gênero de instrução a que se dedicam, sendo quase toda a nobreza de acordo em amestrar a mocidade ao trabalho, do qual lhe deu exemplo a própria rainha Amélia até o dia de sua precipitada fuga pelos subterrâneos das Tulherias.

Se as mulheres da alta aristocracia das nações cultas, cercadas da prestigiosa nobreza de tantos séculos, sustentada por fortunas colossais e pelos grandes feitos de muitos de seus maiores, compreenderam, enfim, que o trabalho é a única égide invulnerável assim nos grandes terremotos sociais, como na agressão dos vícios em todas as classes da sociedade, como podem as nossas conterrâneas, cujo orgulho não tem

---

61. Espavoridas: apavoradas.

por base nenhuma daquelas vantagens, desprezar o trabalho e passar todo o seu tempo ocupadas de frivolidades, afetando muitas uma delicadeza que lhes não permite mesmo, sem comprometer sua saúde, suportar os descuidos ou o serviço malfeito das *mucamas*?!

É na verdade para lastimar ver algumas de nossas meninas, possuindo aliás os necessários elementos para tornarem-se excelentes mães de famílias, e mulheres notáveis, entregues ao torpor de uma má educação, dormirem até alto dia, levantarem-se maquinalmente e vagarem pelo meio da família em completo desalinho, sem uma ideia do nobre fim para que foram criadas, sem um estímulo para as práticas e a ordem que as deviam conduzir a ele!

Se Helvécio, que diz ser o ócio necessário para o desenvolvimento da inteligência, tivesse razão, por certo que as mulheres das outras nações não poderiam levar a palma às nossas, que se acham nas melhores condições, conforme ele, para tal desenvolvimento.

Mas nem sempre os espíritos filosóficos veem a verdade onde ela está. Madame de Staël em vez do ócio julgava ser a melancolia necessário incentivo para obter-se o mesmo resultado, e houve uma época na França em que a melancolia e languidez passou por moda.

Os povos ainda os mais ilustrados têm também suas fraquezas; esta foi uma das mais ridículas daquele, entre o qual felizmente certos escritores tomaram a peito banir das sociedades a representação de uma farsa, quando o gênio mais ou menos desenvolvido de seus atores a ia por demais generalizando.

LI

A educação física é ainda entre nós tão malcompreendida como a moral. Vemos crianças, podendo já fazer uso das pernas, passarem a maior parte do dia nos braços das diferentes pessoas da família, ou das escravas designadas pelos pais, que ostentam uma certa fortuna real ou aparente, para suportarem passivas esses fardos e todas as suas exigências.

O costume mourisco de se fecharem as mulheres em casa, que a civilização não desarraigou ainda inteiramente do Brasil, salvo nas famílias cujos chefes, temendo conceder-lhes a liberdade de um higiênico passeio cotidiano, deixam-nas livremente frequentar os espetáculos e as reuniões mais perigosas, muito concorre para que as meninas não adquiram um certo grau de energia e de força, imperfeitamente obtido no trânsito que fazem algumas indo às escolas, pelo meio dos miasmas[62] da atmosfera de *nossas ruas*, ou na constante vida caseira.

Há em todos os lugares habitados de nossa terra, mesmo em suas primeiras cidades, muitas famílias que passam anos inteiros sem transpor o limiar de suas casas, a não ser nos domingos para irem à missa, se isso fazem! A vida se passa para grande parte delas sem outro exercício, sem outro trabalho afora o que algumas chamam com ênfase *governo da casa*, consistindo este muitas vezes no desgoverno, na confusão entre o nada fazer e o ordenar constantemente sem método, sem pensamento.

Neste aprendizado e nesta indolência decorre a vida da menina, a quem se repete de contínuo a velha arriscada máxima "reprime todos os impulsos da natureza, e embelece-te para seres mulher": isto é, habitua-te desde a infância à hipocrisia e procura reinar pela matéria embora o teu reinado seja de pouca duração.

Transcreveremos aqui um trecho da educação de uma menina inglesa dirigida por seu respeitável pai, cujo exemplo muito desejávamos ver seguido pelos pais brasileiros, ao menos o da sua maneira de pensar a respeito do sexo.

"Tratei de dar a seu corpo e a seu espírito um grau de força, que raras vezes se acha no sexo", diz esse venerável ancião.

> Apenas foi ela suscetível de pequenos trabalhos de agricultura, do cultivo do jardim, ajudou-me constantemente nesta sorte de ocupações. Selena (tal era o seu nome) adquiriu bem depressa nesses exercícios uma destreza cujos progressos eu admirava. Se as mulheres são em geral fracas de corpo e de espírito, é menos pela natureza que pela educação. Nós alentamos nelas uma indolência e uma inatividade viciosas, que falsamente apelidamos delicadeza; em vez de fortificar-lhes o espírito por meio dos severos princípios da razão e da filosofia, só se lhes ensinam as artes inúteis, que alimentam a moleza e a vaidade.

---

62. Miasmas: exalações malcheirosas; aquilo que provoca sensações de opressão, asfixia, sufocamento.

Na maior parte dos países que percorri, a música e a dança formam a base de sua educação. Elas só se ocupam de frivolidades, e somente isso lhes pode interessar. Esquecemos que das qualidades do sexo depende a nossa consolação doméstica, e a educação de nossos filhos. Serão próprios para preencher tal fim seres corrompidos desde a infância, não conhecendo nenhum dos deveres da vida? Tocar um instrumento musical, desenvolver suas graças aos olhos de alguns moços ociosos e corrompidos, dissipar os bens de seus maridos em loucas despesas, eis a que se reduzem os talentos de grande parte das mulheres nas nações mais civilizadas. As consequências de semelhante sistema são tais quais se podem esperar de uma fonte tão viciada: a miséria particular, e a servidão pública. A educação de Selena foi calculada sobre outras bases, e dirigida por princípios mais severos, se todavia pode-se chamar severidade o que abre a alma aos sentimentos dos deveres morais e religiosos, e a prepara para resistir aos males inevitáveis da vida.

Quão longe se está em nossa terra, não diremos somente da prática, mas da razão esclarecida que ditou essas linhas!

Não só a espécie de instrução, que distingue algumas de nossas jovens, é, com pequenas exceções, provada por aquele respeitável pai, mas também se entretém nelas, em vez de procurar-se banir a indolência,

> Que em nosso clima se espreguiça e o infesta,
> E as portas à ciência e às artes fecha.

como tão propriamente disse o nosso poeta Magalhães.

LII

Volvamos agora um olhar para as nossas classes pobres e vê-las-emos quase por toda a parte perdendo o precioso tempo, de que poderiam tirar grande utilidade, se o empregassem em um trabalho bem regulado e seguido.

Diferentes das mulheres pobres das nações, que mencionamos, as nossas pouco se ocupam em geral do dia seguinte, isto é, de ajuntar, por meio de uma indústria honesta e de razoáveis economias, com que prover no futuro as suas necessidades.

Enquanto aquelas, considerando o trabalho como um primeiro dever, procuram inspirar o gosto dele a seus filhos, acostumando-os a fazerem uso de seus membros, apenas andam, ensinando-os a entreterem-se em diversos brincos úteis de invenção sua; estas trazem os seus ao colo de manhã até a noite, e deixam-nos depois vagar até grandes sem nenhuma sorte de ocupação!

Vimos em França e em Inglaterra mães de quatro, cinco, e mais filhos, amamentando ainda um, saberem dividir e utilizar tão bem o seu tempo, que os pensavam, faziam todo o serviço interno da casa, e lhes sobravam horas para ajudarem seus maridos no comércio, nas artes ou na lavoura, apresentando no fim do dia um resultado de sua aplicação. Verdade é que naqueles países não se inculca, como aqui, à mulher a falsa ideia de que ela nada pode ser por si mesma, sendo-lhe indispensável o braço do homem para fazê-la *viver*, como a *sua razão* para dirigi-la! Assim, quando a jovem, de qualquer condição que seja, transpõe ali o limiar nupcial, não leva como as nossas a presunção de que alcançou a única glória a que deve aspirar a mulher, esperando do marido todas as suas comodidades, e a satisfação de todos os seus caprichos; direito que julga indisputavelmente firmado constituindo-se simples mãe de seus filhos.

Presunção bem vezes fatal àquelas, que não procuram firmar o seu direito em bases mais sólidas que não as das palavras do homem, pronunciadas perante um sacerdote, palavras que nenhuma felicidade real trazem à mulher sensível, quando não são o resultado do sentimento, e garantidas pela moral, e constância daquele que as pronuncia.

Um exemplo bem eloquente desta verdade acaba de apresentar a infeliz esposa, e mãe de cinco filhos, de um alto funcionário, homem ilustrado, magistrado íntegro e afetuoso pai.

Educada no meio da grandeza, e amada depois por esse homem, a filha de um dos primeiros cortesãos de seu tempo devia por sem dúvida crer-se segura daquele direito, desde que o desposou e lhe deu cinco filhos.

Volveu o tempo... e a pobre mãe, que nunca tinha deixado de ser esposa fiel, pereceu abandonada e miseravelmente em uma pequena casa da mesma cidade, onde o esposo e seus próprios filhos, ostentando o luxo e a consideração da alta sociedade, só lhe apareceram em seus últimos dias para tornar-lhe mais dolorosa a hora do passamento!!

Lição eloquentemente triste para as mulheres de todas as condições, que se creem ao abrigo das vicissitudes da sorte, só porque conseguiram tomar o nome de um homem de mérito!

É trabalhando de dia em dia por adquirir a afeição e os respeitos do companheiro que lhe coube por sorte, e por tornar-se superior aos acometimentos do ciúme, que a esposa consegue firmar a sua felicidade doméstica, e não por laços julgados indissolúveis e santos por aqueles que facilmente os profanam, quando as paixões os agitam.

LIII

Em geral os brasileiros não conhecem a economia do tempo; e é bem para lamentar que as classes pobres, principalmente, não se compenetrem da necessidade dessa economia, e das vantagens que resultariam a seus filhos se lhes apresentassem sempre com nobreza a imagem do trabalho, que devia caracterizá-las e distingui-las na sociedade do seu país.

Se o desprezo do trabalho produz nas classes abastadas funestas consequências, o que será das pobres, máxime daquelas que, não se resignando com o estado em que Deus as colocou, querem mostrar-se aos olhos do mundo trajadas acima da sua condição?

Na França, nesse reino elegante das modas, distinguem-se as classes operárias pelo seu trajar, e muitas pessoas há dessa classe que, tendo adquirido fortuna, conservam nobremente depois a mesma simplicidade.

Este bom senso é porém desconhecido entre nós. Vê-se frequentemente a filha do empregado inferior, e mesmo do artesão, cujo trabalho apenas lhe dá para o sustento cotidiano, ostentar o luxo da filha do abastado. Um tal gosto imprudentemente inspirado pelos próprios pais dessa inocente tem-na muita vez levado à declividade de um abismo, donde não é mais possível retroceder!

É quase sempre dessa parte da sociedade, educada nos princípios contrários aos que convêm e honram a sua posição no mundo, que sai o maior número das vítimas da corrupção e da miséria, negras tarjas lançadas no painel colorido das nações civilizadas, riso satânico do espírito do mal transpondo inalterável os séculos para chasquear incessantemente do espírito do bem, que procura guiar a humanidade à perfeição!

Entregues à indolência e à ociosidade, na abnegação do trabalho, e na falência total de meios empregados para inspirá-lo, essas infelizes criaturas caem na degradação, e muitas vezes no crime, perpetuando a miséria e o opróbrio de geração em geração, por este vasto e rico solo do Brasil, que em seu nascente progresso tanto há mister de braços e de instituições morigeradoras.

Quantas vezes, em diferentes pontos de nossas províncias, tivemos ocasião de deplorar essas vítimas da vida ociosa de suas mães, ou de seus vícios, cujo aspecto enluta a natureza e punge a alma do homem virtuoso!

O imparcial A. de Saint-Hilaire, em seu livro sobre São Paulo, tocando neste ponto, depois de algumas linhas que nos repugna transcrever, diz:

> *Nulle part je n'avais vu un aussi grand nombre de prostituées; il y en avait de toutes les couleurs, les pavés en étaient, pour ainsi dire, couverts. (…) Il est pénible au voyageur honnête de descendre dans de si tristes détails; mais il doit avoir le courage de le faire, lorsque c'est pour lui une occasion de montrer dans quel état de dégradation peuvent descendre les classes pauvres, si on les abandonne entièrement à elles-mêmes, si on ne leur apprend point que le travail, en les éloignant du mal, les purifie et les honore, si enfin l'on néglige complètement leur instruction morale et religieuse. Les enfants de ces nombreuses femmes qui ne vivaient que par la prostitution étaient à peine nés qu'ils avaient sous les yeux des exemples de vice; s'ils recevaient quelques leçons c'étaient celles de l'infamie; et le prêtre, oublieux des préceptes de son divin maître, le prêtre ne s'écriait pas comme lui: "Ah, laissez approcher ces enfants jusqu'à moi".*[63]

---

63. "Em nenhum outro lugar eu havia visto um número tão grande de prostitutas; de todas as cores, as calçadas estavam, por assim dizer, abarrotadas. (…) É doloroso para o viajante honesto entrar em

Em outra parte tratando da causa primordial desta corrupção, em um país tão grandemente favorecido da natureza, o ilustre viajante acrescenta:

> *Depuis Villa Boa jusqu'au Rio das Pedras, j'avais peut-être eu cent exemples de cette indolence stupide. Ces hommes, abrutis par l'ignorance, par l'oisiveté, l'éloignement de leurs semblables, et probablement par des jouissances prématurées, ne pensent pas; ils végètent comme l'arbre, comme l'herbe des champs.*[64]

E de feito assim é. O viajante brasileiro, que tem visitado os nossos sertões, não poderá deixar de reconhecer o cunho da verdade nestas linhas do digno Saint-Hilaire, e conosco fazer ardentes votos para que a narrativa do estado abjeto, em que vive grande parte desses povos, desperte a atenção e o patriotismo do nosso governo!

LIV

Dissemos que não limitaríamos a nossa análise sobre a educação de nossas mulheres a esta ou àquela outra província, mas sim a todo o Brasil. Nunca nos assomaram os epidêmicos delírios de mal-entendido orgulho provincial, funesto germe fomentado outrora entre nós por disfarçados inimigos da prosperidade desta grandiosa e rica peça, tão invejada pelos estrangeiros e tão ameaçada por seus próprios

---

detalhes tão tristes; no entanto, deve ter a coragem de fazê-lo, quando lhe proporciona a oportunidade de mostrar a que estado de degradação podem chegar as classes pobres quando são inteiramente abandonadas à própria sorte, quando não se lhes ensina que o trabalho, afastando-as do mal, as purifica e as honra, quando, enfim, se negligencia por completo sua instrução moral e religiosa. Os filhos dessas muitas mulheres que viviam apenas da prostituição mal haviam nascido e já tinham diante de si exemplos de vício; se recebiam alguma lição, eram lições de infâmia; e o padre, esquecido dos preceitos de seu divino mestre, não exclamava como Ele: Ah, vinde a mim as criancinhas!" (Auguste de Saint-Hillaire. *Voyage dans les provinces de Saint-Paul et de Sainte-Catherine*. Paris: Arthus Bertrand, Libraire-Éditeur, 1851, tomo 1, p. 271-272. Tradução nossa.) (N.E.)

64. "De Villa Boa a Rio das Pedras, eu talvez tenha encontrado cem exemplos dessa indolência estúpida. Esses homens, embrutecidos pela ignorância, pela ociosidade, pelo afastamento de seus semelhantes e, provavelmente, por prazeres prematuros, não pensam; eles vegetam como a árvore, como a erva dos campos." (Auguste de Saint-Hillaire. *Voyage dans les provinces de Saint-Paul et de Sainte-Catherine*. Paris: Arthus Bertrand, Libraire-Éditeur, 1851, tomo 1, p. 152. Tradução nossa.) (N.E.)

possuidores de perder em sua divisão o prodigioso valor que o seu todo constitui.

Amamos com religioso entusiasmo a nossa pátria, isto é, toda a vasta Terra de Santa Cruz; em qualquer ponto dela consideramo-nos em nossa pátria e os povos aí nascidos nossos conterrâneos e irmãos. Que importa termos visto pela primeira vez a luz nesta ou noutra de suas províncias, se é o mesmo céu brasileiro, que nos cobre, o nosso verdejante solo que pisamos, e se o mesmo interesse comum nos reúne e fraterniza?

Todos os brasileiros, qualquer que tenha sido o lugar de seu nascimento, têm iguais direitos à fruição dos bens distribuídos pelo seu governo, assim como à consideração e ao interesse de seus concidadãos.

É portanto em favor de todas as mulheres brasileiras que escrevemos, é a sua geral prosperidade o alvo de nossos anelos, quando os elementos dessa prosperidade se acham ainda tão confusamente marulhados no labirinto de inveterados costumes e arriscadas inovações.

A classe, chamada na Europa, do povo, essa nobre classe onde as virtudes se perpetuam sem o auxílio do cálculo, sem o frívolo estímulo dos vãos títulos de avós, não pode ter mesma acepção em um país onde não há nobreza hereditária, e os títulos não se conferem somente ao verdadeiro mérito.

Fazemos portanto menção de duas classes distintas de brasileiros; rica e pobre: a primeira, podendo gozar pelos favores só da fortuna de todas as vantagens materiais, de todas as garantias obtidas com dinheiro, esse vil metal que na terra compra tudo, exceto a virtude e o talento; a segunda, podendo atingir pela inteligência ao cúmulo da glória, que dão as artes e as ciências, únicos inexauríveis mananciais de poder e de prosperidade, que enobrecem os povos e elevam as nações.

Tratando da educação da mulher nessas duas classes, a voz da humanidade primeiro, e depois a da honra do nosso país, nos impõe o dever de insistirmos com mais energia em reclamar o melhoramento da última, principalmente daquela parte que vive sem recursos; porquanto o seu abandono a expõe aos mais tristes extremos, não possuindo o prestígio de um título nem as galas da riqueza, que disfarçam e fazem mesmo desculpar os vícios abrigados nos salões.

Implorando pois a filantropia do governo para a classe desfavorecida da fortuna repetiremos a esta as palavras do grande poeta Victor Hugo:

> *Laisse-toi conseiller par l'aiguille ouvrière,*
> *Présente à ton labeur, présente à ta priére,*
> *Qui dit tout bas: Travaille! — Oh! crois-la!*
> *— Dieu, vois-tu*
> *Fit naître du travail, que l'insensé repousse,*
> *Deux filles: la vertu, qui fait la gaité douce,*
> *Et la gaîté, qui rend charmante la vertu![65]*

Se se instituísse uma classe pública de operárias em toda a sorte de trabalhos, oferecer-se-ia a uma parte das famílias desvalidas do Brasil não somente um meio seguro de as livrar da miséria, mas ainda de habilitá-las para um futuro, que não está longe.

Preparada por uma sábia administração essa classe tiraria, e faria ao mesmo tempo com que a pátria tirasse, proveito dos grandes recursos, que encerra o nosso riquíssimo solo.

Neste solo dileto do Criador, quando se tiver sabido dar o conveniente desenvolvimento à indústria e às artes, inspirando-se ao seu povo por meio de fortes incentivos o amor ao trabalho, as classes operárias não temerão por sem dúvida a mísera situação em que vive parte das operárias do país mais poderoso da idade atual, a Inglaterra. Essas infelizes criaturas vegetam, subtraídas aos olhos do público, nesse bazar do mais ostensivo luxo aristocrático, semelháveis ao corpo arruinado de úlceras, ocultando-se debaixo das sedas e pedras preciosas de que vãmente se adorna já ao tocar o limiar da eternidade!

Os progressos da civilização cristã nos deixam lobrigar[66] o grande espetáculo do nosso povo regenerado da negra mancha, que lhe

---

65. "Deixa-te aconselhar pela agulha operária, / Presente no teu trabalho, presente na tua prece, / Que sussurra baixinho: Trabalha! — Oh! acredita nela! / — Deus, vês, / Fez nascer do trabalho, que o insensato rejeita, / Duas filhas: a virtude, que torna a alegria suave, / E a alegria, que torna encantadora a virtude!" (Victor Hugo. "Regard jeté dans une mansarde" ["Um olhar lançado a um sótão"]. *Les Rayons et les ombres*. Paris: Ollendorf, 1909, p. 45.) (N.E.)
66. Lobrigar: entrever.

imprimiram os nossos antepassados, cancro moral minando-lhe as mais excelentes qualidades d'alma!

É mister habituar nossos filhos para esse feliz porvir, em que todo o trabalho será feito por braços livres; porvir de grandeza e de glória, no qual o brasileiro, extasiando-se na contemplação da magnificência de sua natureza, não sentirá como nós a aplicação que se nos pode hoje fazer dos seguintes versos de Byron inspirados nas deliciosas margens do Tejo:

> *Poor, paltry slaves! yet born 'midst noblest scenes*
> *Why, Nature, waste thy wonders on such men?*[67]

LV

Estamos certos de que as pessoas convencidas do triste estado de nossa educação religiosa, depois que nos alistamos no catálogo das nações cristãs, ter-nos-ão já estranhado o silêncio, que até aqui guardamos sobre uma das causas capitais deste estado — a falta de instrução e de exemplos edificantes dados pelo nosso clero à mocidade brasileira.

Falaremos, pois, neste ponto tão importante à morigeração de qualquer povo, não como rígidos censores derramando o fel, que lhes vai pela alma ao contemplarem por terra o monumento mais venerável das nações civilizadas, mas como humildes fiéis, com o coração pungido de dor pelos desvios de nosso povo, que vemos crescer, prosperar, ensoberbecer-se pelos pingues[68] dons que lhe doou a pródiga natureza, sem refletir que é o trabalho do homem e não a riqueza natural do solo que engrandece as nações; e que sem o respeito à religião e às leis não poderá ele, jamais, assumir a esse grau elevado de civilização, a que julgamos ter atingido porque arremedamos a Europa, no que a Europa encerra de menos importante.

"A religião é a cadeia de ouro que une a terra ao céu", repetiu o nosso marquês de Maricá. Nós parodiaremos esta bela máxima com

---

67. "Pobres, vis escravos! ainda que nascidos em meio aos mais nobres cenários / Por que, Natureza, desperdiças tuas maravilhas com tais homens?" (Tradução nossa.) (N.E.)
68. Pingues: abundantes.

a seguinte: A religião é a cadeia indestrutível que liga a mulher a seus deveres, a coroa mais preciosa que lhe cinge a fronte.

A mulher sem religião assemelha-se àquelas lindas flores de nauseante cheiro que se deve admirar de longe, sendo que o seu contato infecciona o ar que respiramos.

É a religião que fortifica e realça as qualidades feminis; é ela, ainda, que sustenta e consola todo o indivíduo nas circunstâncias mais difíceis da vida, a bússola invariável que lhe indica os seus deveres, e o conduz ao exato cumprimento deles.

Entretanto, nada há em nossa terra mais desprezado pelos pais e pelos párocos do que o ensino da religião!

Onde no Brasil o assíduo cuidado de uns e de outros de inspirarem à mocidade os salutares princípios da fé de Cristo?

Qual a freguesia cujo pastor observe pontualmente os deveres que lhe impõe a sua santa missão?

Não há espírito religioso em nossa terra, que não lastime o desregramento e a ignorância da maior parte do nosso clero. É ainda este um filho póstumo do clero de sua antiga metrópole.

Não temos a sublime pena, nem a tarefa do grande historiador A. Herculano para esboçar sequer as calamidades, que acarreta a qualquer país um clero ignorante e desmoralizado. Seja-nos, porém, permitido observar, de passagem, que é dessa fonte principalmente que manam os incentivos, senão a causa primária da desordem das gerações que se têm até hoje sucedido.

Podemos dizer, sem receio de que nos tenham por exagerados, que em nenhuma paróquia do Brasil a nossa religião é devidamente ensinada à mocidade. A explicação do catecismo, de que com tanto interesse e assiduidade se ocupam os padres de França, encarregados de difundir a instrução religiosa por todas as classes da sociedade, é de tal sorte desprezada no Brasil que as nossas grandes meninas, hábeis nas etiquetas dos bailes e nos manejos para obterem a única conquista a que aspiram, fazem a sua primeira comunhão sem o conhecimento dos princípios de nossa santa fé!

Nunca esqueceremos a humilhação que sentimos (pela ignorância dos nossos conterrâneos nesse ponto) quando, em Paris, uma antiga dama da casa de Luís Filipe, admirando a instrução de uma jovem brasileira, que se achava ali ao mesmo tempo que nós, disse-nos, com certa franqueza de que a fizemos arrepender-se: Que surpreendia-se ao ver uma moça do nosso país tão instruída, quando a uma de nossas altas personagens, chegando à França, foi necessário ensinar até o catecismo!

LVI

Há pouco mais ou menos doze anos vimos com satisfação, posto que corando pela incúria do nosso clero, um padre francês dar em uma das igrejas desta capital a primeira instrução de catecismo, preparando com solicitude a infância para um ato que, quando bem compreendido, tão salutares bens derrama em seus tenros corações.

Quisemos para logo ali conduzir nossas filhas, mas aguardamos que os brasileiros, tão imitadores do estrangeiro, deste copiassem uma das mais edificantes práticas, que deveria ser também a nossa, desde que o Brasil é nação católica.

Pensamos que os nossos párocos, impelidos por tal incentivo, dessem, enfim, como lhes cumpria, em suas respectivas paróquias, o digno espetáculo do bom pastor instruindo suas ovelhas, ocupando-se principalmente da educação religiosa da infância.

Iludida foi, porém, a nossa expectativa; algum tempo depois, sacrificando mesquinhas considerações de mal-entendida nacionalidade ao bem espiritual de nossos filhos, conduzimo-los a participarem das explicações dadas pelo religioso Fournier, sucessor do reverendo Guillaume.

Folgamos de ver que muitas famílias brasileiras e algumas diretoras de colégio levavam suas filhas e educandas a ouvirem aquelas instruções; mas bem depressa apercebemo-nos, com pesar, de que muitos espectadores do solene ato da primeira comunhão concorriam a ele com o mesmo pensamento que leva a nossa mocidade às festas de igreja, onde infelizmente pouca reverência se guarda, em geral!

Daí as seguintes linhas publicadas, em 1851, na *Revue des deux mondes*:

> *Un des principaux centres de la vie sociale au Brésil, ce sont les églises.*
> *Avant de franchir le seuil d'une maison brésilienne, entrez dans l'un*

des nombreux temples de Rio de Janeiro au moment d'une cérémonie rèligieuse, et déjà vous aurez saisi un des côtés originaux, un des poétiques aspects de cette population. (...) On peut les voir échanger de longs et doux regards avec les jeunes gens qui passent et repassent, ou s'arrêtent même pour mieux continuer ce jeu pendant toute la durée de l'office.[69]

Lemos estas linhas em Paris, quando, com mais indulgência, analisamos outras repreensíveis faltas dos franceses, mais dignas de censura desse escritor, pois que são cometidas por um velho povo que tantos séculos conta de civilização! Não obstante reconhecermos que uma parte dos brasileiros merece aquela censura, todavia muito nos revoltou ela, porquanto a nacionalidade de um coração patriótico nunca tão altamente se revela como quando sente ele, em país estrangeiro, ferir ou humilhar o seu próprio país.

Os erros da pátria são como os de nossos filhos; queremos nós mesmos censurá-los e puni-los, mas não podemos sofrer vê-los estigmatizados por estranhos, a quem nada devem.

Não podemos, porém, com justiça, exprobrar a nossa mocidade de pouco religiosa, quando ela vê por toda a parte em nossa terra alguns padres não somente descuidosos de fazer-lhe sentir os sublimes preceitos do Homem Deus, mas ainda darem-lhe tristes exemplos de uma conduta desregrada e criminosa!

Como pretender que um clérigo, que tem calcado aos pés os deveres impostos ao seu santo ministério, consiga, falando do alto de um púlpito ou no confessionário, moralizar os que o têm visto entregar-se a toda a sorte de prazeres mundanos?! Entretanto não há província do Brasil, freguesia quiçá, onde alguns desses homens, trajando as vestes sacerdotais, não tenha dado esse espetáculo; e, o que mais é para censurar entre um povo cristão, são eles tolerados no exercício do digno ministério que profanam!

---

69. "Um dos principais núcleos da vida social no Brasil são as igrejas. Antes de pôr os pés em um lar brasileiro, entre em um dos numerosos templos do Rio de Janeiro durante uma cerimônia religiosa e você testemunhará um dos aspectos originais, uma das facetas poéticas dessa população. (...) Pode-se vê-las trocando olhares doces e demorados com os jovens que vão e vêm, ou até mesmo pararem para continuar esse jogo ao longo de toda a celebração." (Tradução nossa.) (N.E.)

Não pretendemos delatar aqui as faltas do nosso clero, mas visto que tratamos da educação no Brasil, impossível nos era deixar de fazer menção de uma das causas capitais, que indubitavelmente concorrem para que ela se não desenvolva, escudada nos santos princípios da religião, primeiro sustentáculo das nações, e o meio mais profícuo de tornar os homens melhores.

LVII

Os fatais abusos cometidos por uma parte do nosso clero e o mau sistema dessa educação doméstica, principalmente, têm sido e continuarão a ser, se uma regeneradora época não brilhar para nós, a causa primordial do atraso de nossa civilização, a fonte de todos esses vícios que infestam a nossa sociedade, pervertendo tão frequentemente o caráter natural de um povo como é o brasileiro, dócil, modesto e generoso. Os mesmos viajantes ilustrados, que se têm dado ao estudo do caráter dos brasileiros, fazem-lhes esta justiça, indicando de passagem as causas que todos conhecemos, de nossas mais salientes faltas.

O conde de Castelnau, depois de tecer justos encômios à nossa hospitalidade, diz:

> *Le brésilien est bien loin d'avoir le caractère dur qu'on lui prête souvent en Europe, car c'est certainement le plus indulgent (...) le désoeuvrement, le manque de moyens d'études et la plaie de l'esclavage, ont eu la plus fâcheuse influence sur l'état des moeurs en ce pays, et le clergé, loin de suivre le bel exemple qui lui est présenté par celui d'Europe, n'est que trop souvent le premier à donner l'exemple de la débauche et du désordre. Avant mon départ de Rio, un des chefs de l'église me disait, avec un peu d'exagération sans doute: "Vous trouverez ici un clergé, mais pas de prêtres".*[70]

---

70. "O brasileiro está longe de ter o aspecto ríspido que muitas vezes lhe é atribuído na Europa, pois é decerto o mais indulgente (...) o ócio, a falta de meios para estudo e a chaga da escravidão exerceram uma influência lamentável no estado dos costumes deste país, e o clero, longe de seguir o belo exemplo que lhe é apresentado pelo europeu, é com frequência o primeiro a dar o exemplo da

Esta franqueza agrada por ser a expressão da verdade, mas não pode, ao mesmo tempo, deixar de revoltar quando parte de um vigário que, em vez de se esforçar para que ela marche na santa via prescrita pelo seu grande fundador, se apraz em ridicularizá-la perante um estrangeiro!

É também ao desleixo de tais vigários que se deve a desordem e o desrespeito tão censuráveis que reinam nos nossos templos, principalmente nas ocasiões de certas festas mais concorridas. Se eles soubessem impor o devido respeito nessas solenidades, qual seria a pessoa, por mais irreligiosa, que ousasse afrontá-lo! Mas, pelo contrário, deixam inteiramente a todos, que não são ali levados pelo espírito de verdadeira religião, a liberdade de conversarem sobre qualquer assunto que seja e portarem-se com irreverência no santo recinto.

Custa-nos a confessar que, antes de irmos à Inglaterra, não havíamos sentido, ao entrar em um templo do Senhor, esse profundo recolhimento que inspira à alma religiosa os lugares consagrados ao seu Divino culto.

Parece-nos ouvir de antemão grosseira e inepta censura de espíritos fracos ou parciais, que avaliam tudo pelas suas próprias impressões. Mas, longe de ofendermo-nos, perguntar-lhes-emos com a calma do filósofo e a paciência do cristão:

Quando ides assistir às nossas festividades de igreja, o que é que aí vedes em geral praticarem os *fiéis*? Distinguis, por acaso, na fisionomia, na atitude da maior parte deles alguma coisa que vos prove irem ali somente orar? Podereis furtar-vos à verdade não confessando que esses grupos amontoados às portas de nossos templos e os que neles entram em tais ocasiões parecem ir, antes, assistir a uma representação teatral, do que às cerimônias do santo sacrifício do Filho de Deus para resgatar o gênero humano?

À fé que, se não tendes alguma vez feito parte desses falsos cristãos, concordareis de pronto conosco: e ainda quando assim fosse, vossa consciência apoiar-nos-á apesar vosso.

---

libertinagem e da desordem. Antes da minha partida do Rio, um dos líderes da igreja me disse, com um pouco de exagero, sem dúvida: 'Aqui você encontrará um clero, mas não padres'." (Tradução nossa.) (N.E.)

E aconteceria isto se a maioria dos nossos padres imitasse os dignos exemplos daqueles que entre nós honram o seu ministério por suas virtudes e saber, fazendo tão altamente sobressair o nome brasileiro na glória que difundem sobre a pátria, a igreja e a humanidade?

Por certo que não.

O clero francês, o mais instruído do mundo católico, deveria ser para a desvairada parte do nosso o tipo pelo qual ela modelasse a sua conduta. Não nos era preciso as brilhantes conferências do eloquente Lacordaire, as do persuasivo e piedoso Ravignan, e de tantos outros que extasiam a alma do cristão, quando lhe fazem ouvir as edificantes verdades do Evangelho. Bastar-nos-ia que todos os nossos padres nos dessem o espetáculo da piedade e verdadeira dedicação com que aqueles dignos prelados procuram edificar o povo e inocular na mocidade os princípios sólidos e fecundos de nossa santa fé...

Mas temos já assaz indicado as causas primárias que retardam o conveniente desenvolvimento da educação e dos progressos intelectuais de nossas mulheres civilizadas; cumpramos agora uma santa missão consagrando algumas páginas àquelas que tendo inegável direito às graças dos usurpadores do seu território foram, e são ainda, em geral tratadas por eles com o mais rude desprezo.

Falamos das que chamam *caboclas*, dessa interessante e infeliz porção da humanidade que se tem de mais em mais entranhado em nossas florestas, ou vive aqui e ali decimada em mesquinhas e desorganizadas aldeias!

LVIII

Indígenas do Brasil, o que sois vós?
Selvagens? os bens seus já não gozais...
Civilizados? não... vossos tiranos
Cuidosos vos conservam bem distantes
Dessas armas com que ferido têm-vos!
De sua ilustração, pobres caboclos!
Nenhum grão possuis!... Perdestes tudo;
Exceto de covarde o nome infame...

Pobre raça infeliz, votada ao desprezo dos homens, que te usurpam quanto o homem tem de mais caro na vida: pátria, liberdade, honra! Raça inocente e belicosa, que te estendias descuidosamente pelo litoral do Atlântico desde o Amazonas até o Prata, e em todas as direções por essas vastíssimas majestosas florestas, atestando a onipotência de Deus nos dias primitivos de criação; que lugar ocupas tu, há três séculos e meio, nesta magnífica região onde te havia colocado o Eterno, e onde os homens da civilização vieram com a religião do Cristo oferecer-te as suas vantagens para fazer de ti um povo melhor?!

Parece-nos ouvir a extinta e queixosa voz do bravo e malfadado Caeté responder:

> Ó terra de meus pais, ó pátria minha!
> Que seus restos guardando, viste doutros
> Longo tempo a bravura disputar
> Ao feroz estrangeiro a pátria nossa,
> A nossa liberdade, os frutos seus!...
> Recolhe o pranto meu, quando dispersos,
> Pelas vastas florestas tristes vagam
> Os poucos filhos teus à morte escapos,
> Ao jugo de tiranos opressores,
> Qu'em nome do piedoso céu vieram
> Tirar-nos estes bens que o céu nos deu!
> As esposas, a filha, a paz roubar-nos!...
> Trazendo d'além-mar as leis, os vícios,
> Nossas leis e costumes postergaram!
>
> Por nossos costumes singelos e simples
> Em troco nos deram a fraude, a mentira,
> De bárbaros nos dando o nome que deles
> Na antiga e moderna história se tira.

De feito, o filósofo, o cristão que conhece a história do nosso Brasil não pode deixar de revoltar-se contra os abusos da civilização dos seus povoadores europeus, continuados pelos seus sucessores! O que resta hoje dessas numerosas nações de aborígenes, cujo préstimo e fidelidade tantos fatos comprovam antes e depois dos frutos colhidos pelo incansável zelo de Nóbrega e do virtuoso Anchieta? Anchieta, em quem Deus havia reunido os talentos do poeta, do naturalista e do filósofo para demonstrar que se devia inspirar grandes e nobres sentimentos a um povo, que tinha direito à melhor sorte, e os elementos necessários para, bem dirigido, conosco marchar na via do progresso civilizador!

Alguns jesuítas procuraram imitar esse grande gênio do cristianismo; e os poucos de nossos conterrâneos, que têm percorrido nossas províncias, dando-se ao estudo analítico da história das primeiras tentativas para civilizar os nossos indígenas, sabem que imensas aldeias floresceram debaixo da sábia administração de dedicados catequizadores.

Mas onde estão hoje essas florescentes aldeias, os descendentes desses povos que as habitavam submetidos a paternal direção, desenvolvendo sua inteligência em diversos gêneros de artes úteis e agradáveis? O que é feito dessas raças, de que saíram os Tibiriçá, os Araribóia, os Camarão, que fiéis aos seus ingratos aliados, tantos e tão relevantes serviços prestaram à causa da civilização, nas províncias de São Paulo, Rio de Janeiro, Pernambuco, etc., etc.?!

Esses célebres nomes não bastariam para fazer corar alguns dos nossos escrevinhadores e modernos guerreiros, que apresentam os nossos aborígenes como um povo infiel e covarde?

Nobre Caeté, tu tinhas razão quando exclamastes:

> Tabajaras miserandos, raça escrava,
> Que a voz, incautos, desse chefe ouvistes
> Mandando exterminar os irmãos teus
> Para um povo estrangeiro auxiliar!
> O anátema do céu feriu-te, ó mísera!
> Para ele um país tu conquistaste
> Em paga deu-te ele a ignomínia!
> Em eterno desprezo eis-te esquecida
> Como estão tantos outros teus iguais,
> Que perdendo na pátria os seus costumes,
> As vantagens não gozam desses homens,
> A quem sacrificaram pátria, honra!...

LIX

Tocamos nos indígenas em geral, e é de suas mulheres que queremos somente falar.

Dignas, por suas virtudes inatas, de receberem educação moral e intelectual que as colocasse a par de nossas mulheres civilizadas, as aborígenes do Brasil foram as primeiras vítimas imoladas à licença dos homens da civilização, que vieram trazer ao seu país as vantagens da vida europeia.

Companheiras submissas e fiéis de seus maridos, a quem seguiam na guerra e ajudavam com incansável zelo e natural dedicação em diferentes mistérios da vida errante, na cabana ou fora dela, sua sorte era preferível à que depois lhes trouxe o *cristianismo* de seus vencedores, envolvendo-as na atmosfera de seus vícios, ligando-as ao férreo poste da escravidão, e vendendo-as, como faziam, com inaudita atrocidade sob o mesmo céu onde Deus as havia feito nascer com seus irmãos no pleno gozo da liberdade!

Falando-se-lhes de Cristo e dos salutares bens de sua santa religião, desmentia-se em geral pela prática havida com elas e com os seus as máximas que as tinham chamado ao grêmio da igreja!

Não obstante, porém, essa conduta e a falta absoluta de educação moral, as indígenas fornecem exemplos de virtudes e de heroísmo, que poderiam ser colocados a par dos que têm apresentado as mulheres civilizadas de todos os tempos e nações, com o duplo merecimento de serem tais exemplos promovidos pela espontaneidade, que não pelo cálculo, que preside de ordinário às grandes ações dos povos civilizados.

Quereis ver a mãe na sublime simplicidade do amor materno? Contemplai as indígenas em todas as correrias, que eram e são forçadas a fazer, seguindo os maridos através dos bosques, perseguindo ou fugindo ao inimigo, sobrecarregadas dos filhinhos, além dos objetos que são obrigadas a levar. Segui-as, entre outras, na grande emigração, aconselhada tão pateticamente pelo seu grande chefe Japiaçu, resignadas a deixarem aos usurpadores de sua pátria todos os bens de que nela gozavam, a fim de subtraírem seus filhos à opressão e ao opróbrio, que tanto havia já pesado sobre seus pais! Ide vê-las, hoje mesmo, como nós as vimos, nos restos de algumas aldeias, ao norte, ao sul do

Rio de Janeiro, desenvolverem, no estado intermediário do selvagem e civilizado, ligadas dia e noite a seus filhinhos por mais fortes vínculos de natural afeição do que muitas mães da nossa sociedade, não os deixando, como muitas destas, em seio estranho, alguma vez mesmo enfermos, para irem tomar parte nos prazeres do mundo ou *satisfazerem uma etiqueta* da sociedade.

Quereis ver a esposa terna, previdente, dedicada e fiel? Contemplai a célebre Paraguaçu captando para o esposo as simpatias e os favores da sua tribo, ajudando-o em sua missão civilizadora, e civilizando-se ela mesma para amenizar-lhe os dias, privado como se achava ele das comodidades europeias. Circunspecta e fiel aos seus deveres, quando passou a França e apresentou-se na corte de Caterina de Médicis, que lhe deu seu nome servindo-lhe de madrinha, ela atraiu a admiração de todos, por seu tipo americano, suas graças ingênuas e sua dedicada afeição pelo esposo, com quem voltou à Bahia, no mútuo e constante empenho de utilizar aquela nascente colônia.

Quereis admirar o amor em toda a sua espontaneidade e na grandeza da abnegação pessoal? Vede Moema; a sensível e infeliz Moema, lançando-se ao mar, seguindo a nado o navio, que lhe levava o homem por quem só prezava a existência e por quem queria morrer não podendo com ele viver!...

Quereis enfim admirar a guerreira em toda a glória das armas? Atentai para a intrépida esposa do célebre Camarão, seguindo à frente de outras as pegadas do esposo, e duplicando-lhe os louros colhidos em tantos combates sobre o famoso solo pernambucano!

As privações e perigos que ela arrostou nas mais difíceis crises; a coragem e constância que desenvolveu, quando as armas do denodado guerreiro indígena faziam com as de Henrique Dias e Vieira, o terror dos aguerridos. Batavos foram muito superiores, pelas circunstâncias em que se achava, e pelos combatentes que a rodeavam, as que imortalizaram Joana d'Arc! Elas mereciam por sem dúvida de seus vindouros, se não estátuas, que não sabemos ainda erigir aos nossos gênios, ao menos justos tributos de homenagem, que fizessem corar aqueles que têm propalado a falsa reputação de covardia e inaptidão dessa raça, que cooperou para que o Brasil não fosse então arrancado ao povo que o havia descoberto!

De tantos triunfos, porém, de tanta dedicação e fidelidade nenhuma glória, nenhum feliz resultado ficou às futuras gerações, que em pouco desaparecerão talvez inteiramente do solo brasileiro!

LX

A fidelidade conjugal foi e é quase sempre seguida pela mulher indígena. Todos os que têm conhecimento da sua história sabem que, fáceis antes de tomarem marido, respeitam depois os laços que as ligam a este, sendo o adultério olhado com horror entre os selvagens.

Boas mães e esposas fiéis, eis aqui duas qualidades preciosas comuns às nossas indígenas, dois vínculos santos que ligam e enobrecem a família, vínculos que sabem no estado selvagem respeitar, apresentando exemplos que bem merecem ser considerados pelas mulheres civilizadas de todos os países.

Quanto ao que se tem inventado e dito de sua preguiça natural, falta de fé e repugnância por fixarem-se em qualquer lugar, responderemos que vimos nas aldeias que visitamos mulheres aborígenes mais constantemente ocupadas em diferentes trabalhos do que mesmo as mulheres das classes pobres das nossas cidades, que, todavia, não se fazem passar por preguiçosas.

Elas são aptas para todo gênero de trabalho e artefatos; e tanto as que tivemos a nosso serviço como as que se educaram entre nossa família deram-nos sempre provas da mais constante dedicação.

Estamos pois convencidos de que, se a sua raça não tem dado sempre exemplos tais, é antes por causa do mau tratamento que com ela se emprega, do que por defeito de sua índole geralmente dócil e boa.

Não podemos portanto ver sem mágoa e indignação a depreciação em que se tem aos aborígenes, quando de grandes virtudes são capazes e tão úteis nos poderiam ser!

As mulheres são não somente mais íntegras que as africanas, e mais próprias a ajudar-nos a criar nossos filhos, servindo-nos com fidelidade e submissão, sem o servilismo e vícios das infelizes escravas, mas também suscetíveis das mais doces e nobres afeições. Sua alma encerra preciosos tesouros, que uma educação bem dirigida abriria aqueles mesmos que tanto desdenham da sua raça!

Os resultados do método paternal empregado pelos verdadeiros apóstolos da civilização cristã nesta parte da América atestaram que os aborígenes eram suscetíveis de aperfeiçoarem-se em qualquer arte e dignos de concorrerem por sua bravura, docilidade e constância para o engrandecimento e glória do Brasil.

Que eles não mereciam o desprezo em que foram depois deixados, desejamos que não o ateste geral, como já parcialmente o tem atestado a raça africana arrastada às nossas praias.

Por sedenta ambição, por crime atroz!

Quando, por sábio decreto de um rei justo e humano, a revoltante escravidão dos nossos indígenas foi abolida, e a introdução dos infelizes africanos veio substituir o vergonhoso tráfico, que em todo o Brasil se fazia com aqueles, julgou-se conveniente procurar exterminar os que acabavam de libertar-se, de direito que não de fato, porquanto a perseguição continuou debaixo de outro caráter; e ainda em nossos dias, com horror o sabemos! Caçam-se os selvagens em suas matas como animais ferozes, para apreendê-los e arrancar-lhes as mulheres e filhos, que se retêm e fazem servir como escravos... em muitas roças e casas do interior das províncias!

Debalde um ou outro amigo da humanidade têm querido generalizar o sistema conciliador, que faria esquecer a esses infelizes um passado de horror e de vergonha para povos civilizados! Seus esforços têm sido quase sempre frustrados. E digamo-lo com franqueza: enquanto os louváveis esforços desses verdadeiros amigos da humanidade não forem coadjuvados por uma vontade decidida do governo em tomar medidas enérgicas para substituir a perseguição e barbárie havidas com esses infelizes, maneiras conciliadoras e humanas, a missão de civilizar os selvagens não passará de uma farsa, com que se pretende entreter e distrair os espectadores do trágico drama, horrorosamente repetido em nossas florestas e retiradas habitações pelos dignos descendentes de seus primeiros exploradores!

LXI

Não comentamos, apenas simplificamos, e muito, as causas que têm privado o Brasil de numerosos e fortes braços, de que tanta precisão tem. Manda ele procurar no estrangeiro à custa de imensas somas e sacrifícios, exposto a eventualidades desagradáveis, que por mais de uma vez se tem dado soldados, quando possuem em seu próprio seio com que formar, querendo numerosas e respeitáveis legiões de bravos!

Negligenciando-se a civilização dos selvagens, tem-se não somente tirado ao Brasil os seus legítimos e empenhados defensores, mas também a todos os seus filhos, a vantagem de serem servidos por braços livres dos que, nascendo em nosso mesmo solo, não nos teriam por sem dúvida transmitido vícios estranhos, inextinguíveis calamidades!...

Aqueles que são levados pela avareza ou por um funesto prejuízo, que a nossa civilização não tem até aqui podido desarraigar do espírito de todos, olharão estas considerações como verdadeira utopia. E nós, os amigos dos infelizes aborígenes, não sabemos quais merecem ser mais lamentados, se estes ou aqueles!

Sabem-se os terríveis abusos, que se continuam a cometer, procurando-se catequizar os selvagens. Todos terão lido a narrativa que a respeito fizeram diversos e verídicos viajantes, a quem, doando Deus sentimentos humanitários, não pode deixar de profundamente magoar a sorte desses infelizes.

Entre outros, ainda há pouco lemos o muito interessante escrito do senhor Teófilo Benedito Ottoni — *Viagem às margens de Mucuri*, em que esse digno brasileiro fala deles com uma imparcialidade e esclarecida justiça que muito nos tocou. Permita-nos citar aqui algumas linhas do relatório dessa viagem, que comprovam parte do que dissemos e pensamos a respeito deles.

> Em 1849 um sargento e os poucos soldados que lá ficaram (no quartel de Santa Cruz) traziam os selvagens em contínuos e duros trabalhos, e os castigaram com palmatória, chicote e tronco. No entanto, a medida dos sofrimentos dos infelizes só transbordou quando os seus cruéis opressores também lhes tomaram as mulheres e filhas, fazendo do quartel um horroroso serralho.

(...) Atualmente o encontro dos homens da espingarda com os selvagens prova o terror de que estão estes possuídos, e é uma confissão solene dos atentados cometidos outrora por aqueles.

Quando uma tribo bravia encontra nos matos um homem de espingarda, o movimento instantâneo dos selvagens é correrem e embrenharem-se. E o único meio de detê-los e obrigá-los a chegarem à fala é bradar-lhes repetidas vezes estas palavras sacramentais: *Jac-jemenuck, Jac-jemenuck*, que querem dizer: Já estamos mansos, já não somos matadores.

Ouvindo esta reclamação, em que os crimes antigos são confessados pelos catequizadores, o selvagem cessa de fugir, depõe o arco e ordinariamente responde: *Sincorana, Sincorana!* Que quer dizer: Tenho fome, tenho fome!

Em outra parte, falando ainda das perseguições que tornaram infrutíferas suas medidas conciliadoras para atrair os selvagens, ele acrescenta:

Traídos e decimados os infelizes se concentraram novamente pelas brenhas para fugirem à escravidão, ao bacamarte e ao veneno, porque, para a vergonha da civilização, o veneno tem sido também empregado contra os selvagens nas imediações do Mucuri.

Conta-se até o horroroso caso de uma tribo inteira vítima dos sarampos, que com o fim de exterminá-la lhe foram perfidamente inoculados, dando-se-lhes roupas de doentes atacados daquele mal.

(...) a maior parte dos atentados cometidos pelos selvagens nestes últimos anos têm sido atenuados pela atendível circunstância de haverem sido cometidos pela defesa da liberdade de seus filhos, e da pudícia de suas mulheres.

Tais são as causas que levaram quase sempre em todos os tempos os nossos selvagens a mostrarem-se cruéis. Tiveram, e terão sempre razão para isso, enquanto os nossos civilizadores cristãos não quiserem compreender que somente palavras persuasivas e práticas evangélicas, e não o ferro, o veneno e a licença devem empregar para a civilização dos restos dessa grande e nobre raça.

Do pouco que havemos expandido relativamente às qualidades naturais da mulher indígena, queremos concluir que ela é digna de ocupar outra posição em nossa terra; e que o desprezo, com que foi sempre, e continua a ser olhada a sua raça pelas nossas outras populações, é um abuso antinacional, anticristão, que os nossos governantes e o nosso clero devem fazer desaparecer, empregando, por bem da pátria e da igreja, meios mais próprios e seguros para consegui-lo. A humanidade e a civilização reclamam imperiosamente deles convenientes medidas para arrancar essa pura, digna porção do povo brasileiro à vida em que vegeta, e torná-la útil como incontestavelmente pode ser a uma e a outra.

Oferecendo o nosso mesquinho óbolo[71] à nobre causa das nossas aborígenes, temos concluídos pontos principais, que fazem o objeto deste opúsculo; pontos que procuraremos melhor desenvolver se o tempo e a saúde, que hoje nos são contrários, voltarem mais propícios e risonhos!

Resta-nos, depois de uma observação mais, invocar ainda uma vez para as nossas mulheres em geral — melhor educação, destino mais digno delas.

LXII

Por mais rigorosas que tenham sido as instituições dos povos, concernentes à exclusão absoluta da mulher de toda a sorte de governo público, quem há aí que ignore ter ela a maior influência nas ações dos homens, e por conseguinte nos destinos dos povos?

Desde o último subalterno até o mais alto dos funcionários, são todos mais ou menos, não diremos somente inspirados, mas dirigidos por seu amor, senão por seus caprichos, que têm mais de uma vez desviado da senda de seus deveres os maiores gênios, os caráteres mais abalizados.

Passamos em silêncio o vergonhoso predomínio da mulher sem mérito na vida privada do homem, para apontar somente aquele que influi em sua vida pública.

---

71. Óbolo: pequena contribuição.

Quantas vezes a pena do circunspecto magistrado tem-lhe tremido a mão, firmando uma sentença contra sua consciência, para satisfazer o pedido de uma esposa, que lhe implora pelo réu de justiça! Quantas outras, o guerreiro impávido à frente do inimigo da pátria, no campo de batalha, curva o joelho e depõe a espada aos pés de uma mulher amada, se esta exige dele o sacrifício de sua glória e mais ainda, o de sua honra! E os monarcas! Não têm alguns fechado os ouvidos às reclamações de seus súbitos para seguirem os ditames do coração, que lhes fala por um desses seres destinados a abaterem o orgulho do homem curvando-o à sua vontade?

Se pois, apesar do quanto se tem dito, e se continuará a dizer, da fragilidade da mulher e preeminência da razão do homem, este dobra quase sempre essa razão ao amor daquela, árbitro de suas ações; quem mais do que a mulher precisa de uma boa educação, correspondente às condições em que se acha colocada? Quem mais do que ela deve esclarecer o seu espírito de sorte a não abusar do império que exerce sobre o homem, e dirigir este à sua própria ventura e ao bem da humanidade?

A vós, pais de família, a vós cumpre remediar os erros das gerações extintas! Educai vossas filhas nos sólidos princípios da moral, baseada no perfeito conhecimento de nossa santa religião, no exemplo de vossas virtudes, quer domésticas, quer cívicas. Em vez da leitura de inflamantes e perigosos romances, que imprudentemente lhes deixais livres, fornecei-lhes bons, escolhidos livros de moral e filosofia religiosa, que formem o seu espírito, esclareçam e fortifiquem sua razão. A história, principalmente a de nossa terra, de que bem poucas se ocupam, é um estudo útil e agradável, mais digno de ocupar as suas horas vagas que certos contos de mau gosto inventados pela superstição ou fanatismo ignorantes para recrear a mocidade sem espírito. Fazei-lhes compreender desde a infância que a mulher não foi criada para ser a boneca dos salões, a mitológica ridícula divindade, a cujos pés queimam falso incenso os desvairados adeptos do cristianismo. Inspirai-lhes o sentimento de sua própria dignidade e a firme resolução de mantê-la intacta e vantajosamente por ações dignas da mulher, dignas da cristã, dignas da humanidade.

Bane de seu espírito os errôneos preconceitos que por aí vogam a respeito da fraqueza do sexo, fazendo-as penetrar-se desta verdade evangélica — a fraqueza escudada nas virtudes cristãs será sempre invencível.

Pais, governo, povos do Brasil! Elevai os olhos para esse esplêndido firmamento, que se estende variando constantemente de mil encantadoras cores por sobre as nossas cabeças; volvei-os depois para essa perene pomposa vegetação, incansável de expandir a vossos pés seus ricos tesouros, esperando da vossa mão direção mais digna dela; contemplai todos esses prodigiosos dons da Providência, desdobrados a olhos indiferentes! E recolhei-vos depois em vossos pensamentos e meditai...

Não vos diz a consciência que a mulher nascida nesta vigorosa terra superabundante de magnificências naturais, respirando sob um céu radiante, no meio da poesia de tão admirável natureza, não se pode limitar ao papel que tem até hoje representado?

Não sentis que a sua missão nesta parte da América civilizada, tão balda ainda de instituições caridosas, não deve ser a de recolher factícios triunfos tributados à matéria, quando o seu espírito pode e deve pretender a elevar-se a mais dignas e nobres aspirações promovendo na Terra o bem do seu semelhante?

À Providência, colocando-vos tão vantajosamente, pareceu chamar-vos a comandar um dia os destinos de toda a América do Sul, assim como aos filhos da União os de toda a América do Norte.

Eia! Se, com mais rico solo do que o dos Estados Unidos, faltou-vos a mola principal — a educação, para a par deles marchardes, preparai-vos ao menos a satisfazer dignamente a parte essencial da grande missão que vos fora destinada.

Educai para isto a mulher, e com ela marchai avante na imensa via do progresso, à glória que leva o renome dos povos à mais remota posteridade!

FIM

CONSELHOS
À MINHA FILHA

N. F. B. Augusta[72]

---

72. Pseudônimo de Nísia Floresta. (N.E.)

Minha filha, instada para consentir na reimpressão destes conselhos, que há três anos te ofereci, sem nada mudar da simplicidade de seu estilo, eu quis ajuntar a eles os quarenta pensamentos, que, te sendo por mim igualmente dedicados, te farão, pelo número, pensar naquele período de minha vida, em que tanto me tens ouvido falar, almejando atingi-lo na esperança de contemplar-te então um modelo das virtudes que me hei esforçado sempre por inspirar-te.

12 de janeiro de 1842

Eis o primeiro dia do ano para mim! Ele me recorda, no luto mesmo de meu coração, o nascimento de meus queridos filhos, e faz-me sentir a doce consolação de suas inocentes carícias, ventura preciosa, e digna de ser preferida a todas as venturas!

É pois hoje teu aniversário, minha querida filha. Doze anos completas hoje mesmo às 9 horas da noite, hora em que também veio ao mundo tua mãe! Que te oferecerei neste dia, que mais digno seja de ti, e de minha ternura? Alguma linda alfaia somente? Não; pois ela te não falará de tua mãe, nem te servirá mais que de um passageiro adorno, cujo luxo tenho-te ensinado a desprezar. Aceita portanto, minha terna filha, o singelo presente destes conselhos que, há pouco mais de um mês, escrevi para ti; eles poder-te-ão ser mais úteis que esses loucos enfeites da moda, se, como eu me lisonjeio, tu fizeres bom uso deles.

Tua sensível mãe, tua melhor amiga:

N. F. B. A.

PREFÁCIO

Há em a Natureza um sentimento, que excede a todas as paixões d'alma; todas as afeições lhe são inferiores, nenhuma o disputa; ele é o único, imenso, verdadeiro, o seu império atravessa os séculos, as nações, os costumes, sem que os costumes, as nações e os séculos influam na essência: ele se conserva em sua pureza, a despeito das vicissitudes, e mesmo da morte!

Hábeis penas têm tentado descrevê-lo, mas nenhuma tem feito senão um fraco esboço de sua incompreensível grandeza; porque só um coração o pode sentir...

A ardente mocidade terá a presunção de o compreender, atribuindo-o a esse delírio, a que chamam vulgarmente o amor; o bravo dirá que é a glória; o amigo chamar-lhe-á amizade, e cada qual crerá adivinhá-lo segundo sua dominante paixão. Mas quão longe estão todos os sentimentos daquele, que anima minha fraca pena tentando descrevê-lo! O amor, a amizade, a glória têm sempre um fim, são seguidos sempre de um oculto interesse, sem o qual, se não morre, definha; mas o singular sentimento de que falo, sentimento celeste! Nasce, progride sem nenhum fim, sem interesse algum. Tu, minha cara filha, tu, para quem somente escrevo, tu, digo, não o podes compreender, nem mesmo adivinhá-lo, apesar de ser ele quem me move a traçar-te estas linhas. Uma mãe... Ah! Só uma mãe, lendo-me, tê-lo-á adivinhado desde princípio.

Sim, o sentimento maternal está além de todas as paixões humanas. É só uma mãe que é capaz dos maiores sacrifícios sem outras vistas, sem outra recompensa mais do que o seu próprio amor.

O bravo se vai à guerra, se defende a pátria, através de inúmeros perigos, é pela glória que aspira, é pelo nome honroso que deseja deixar estampado nas longas páginas da posteridade.

O sábio no seu gabinete, trabalhando para melhorar os costumes do seu século, espera que o seu país lhe deva a sua ilustração. O amante aguarda uma época favorável em que espera ser indenizado, por um himênio[73] feliz, de seus longos sofrimentos, e sacrifícios. O amigo baseia a sua amizade na estima e qualidades do seu amigo. Só uma mãe porém ama a seus filhos com um inteiro e verdadeiro desinteresse. Ela o ama feliz, se ele é virtuoso, desagradada se ele o não é; mas o ama sempre, e o ama então com um sentimento mais poderoso, a compaixão!

Uma mãe é o título mais terno, e mais doce, que há na natureza, e o único que exprime só todos os sentimentos d'alma, as mais sublimes e puras afeições!

Se há no mundo um título que enobreça a mulher, é sem dúvida o de mãe; é ele que lhe dá uma verdadeira importância na sociedade. Feliz aquela que o sabe dignamente preencher sentindo toda a sua grandeza, todas as suas obrigações! Doces obrigações, cujo exercício tanto ameniza o fragoso caminho da vida, e faz suportável o peso seu à triste que a desgraça oprime!

É a ele, minha querida filha, que eu devo os únicos momentos de uma ventura real, que tenho gozado neste mundo; foi ele que me deu o gosto pelo estudo na esperança de poder gozar um dia da ventura de dar-te as primeiras lições, e que me ministrou recursos para aplainar as terríveis dificuldades, que se opuseram a que eu me colocasse no estado de poder fazê-lo livre e decentemente, achando-me só no mundo, mulher fraca, sem apoio, e sem fortuna!! É enfim a ele que tu deves tua mãe, porque, ao desejo de religiosamente preenchê-lo, devo ter-me subtraído ao final desespero, a que me ia arrastando a grande! A irreparável, a nunca assaz chorada perda de teu bom pai!

Foi nesses terríveis momentos que à maneira de um total eclipse, que subtrai rapidamente a nossos olhos um belo sol, eu vi desaparecer do mundo essa cara metade de minha alma, e com ela o feliz porvir, que a nossa ternura havia delineado; foi nesses terríveis momentos, digo, que o grito maternal se fez mais ouvir em meu coração ulcerado; e foi só então que eu conheci a sublimidade, pois que desejei viver não vivendo já teu pai!! Ele morreu!... Pensava eu no delírio mesmo de

---

73. Himênio: em alguns fungos, membrana superficial que sustenta os órgãos reprodutivos. Aqui utilizado em sentido figurado.

minha dor; mas nossos inocentes e caros filhos, imagem sua, me cercam ainda, e me cercam órfãos!!

O mundo e seus fantasmas não me podem mais oferecer senão uma cadeia de dolorosas recordações, senão dias seguidos de lágrimas, e de saudade! Porém agora mais que nunca estes caros penhores de nossa ternura têm precisão de sua mãe, único apoio que lhes resta; vivamos pois para eles. Esforços inauditos, que só podem ser compreendidos por uma sensível mãe em iguais circunstâncias! Eis pois, minha querida filha, o sentimento sagrado que me anima traçando estes sucintos caracteres, que dedico à tua verde razão, e nos quais espero que reflitas. Lembrando-te que para traçar-te-os, tua mãe, entregue durante o dia aos assíduos trabalhos de seu colégio, escolheu o silêncio da noite, preferindo ocupar-se de ti nessas horas, único e ligeiro repouso que lhe é permitido gozar.

CONSELHOS À MINHA FILHA

Tu vás completar teus doze anos! Eu escrevo pois para minha inocente Lívia, que nada mais conhece do mundo senão os cuidados com que sua terna mãe lhe tem dirigido a infância, e nestas circunstâncias procurando amoldar a minha linguagem à tua infantil compreensão, eu começarei por insinuar-te aqui em um estilo simples e caro os deveres e virtudes filiais. Não quero nem desejo antecipar tuas ideias em conhecimentos mais profundos, em que os anos e o estudo far-te-ão meditar: possam a ternura e a experiência de tua triste mãe servir-te então de guia na escabrosa senda da vida. Por ora falo à minha pequena Lívia. Possa ela, a despeito de sua idade, ouvir-me com a atenção de uma filha por cuja felicidade jurei viver sobre o túmulo de seu pai.

Sendo as virtudes filiais as que em primeiro lugar desejo inspirar-te, como as que servem de base a todas as outras, e que te cumpre hoje seguir, falar-te-ei de um exemplo de ternura e adesão de uma filha a seus pais, que estou certa falará melhor ao teu coração do que essas longas teorias, que fatigam às vezes mais do que penetram, mormente em um coração como o teu, ainda tão novo.

Vou dizer-te de passagem alguma coisa de minha infância, sem a pretensão de fazer-te persuadir virtudes que não tenho. Eu tinha pouco mais de tua idade quando em 1824 o horror da guerra civil patenteou-se a meus olhos, destruindo incontinente o repouso de meu querido pai!

Por vezes vi-o a ponto de sucumbir ao golpe do assassino; por vezes minha alma tremeu, e detestou os homens a cuja maldade sucumbia a inocência e a virtude nesses calamitosos tempos de horror, e de desolação! Foi nessas tremendas crises que eu, guiada por um verdadeiro zelo filial, achava em meu coração uma coragem superior à minha idade. Consolava minha terna mãe desolada de dor tremendo a cada instante pela preciosa vida de seu bom esposo; procurava adoçar a existência deste por meus ternos cuidados, e uma constante obediência a seus sábios preceitos. Quantas vezes o meu coração pulava de prazer ouvindo-o exclamar: "Oh! Minha filha! Quão feliz sou em possuir-te!".

Depois mesmo que os fados desencadearam seus cruéis satélites para sitiarem minha triste juventude, e me oprimiram com seus primeiros furores, a mesma exclamação escapou por vezes a esse terno pai. Eu era a filha predileta do seu coração, e nada poupava para provar-lhe que o merecia.

De dia ocupava-me em prevenir seus menores desejos, e em ouvir com uma profunda atenção as instruções, que me ele dava para um tempo em que (dizia com uma aparente calma) já não existiria para guiar meus incertos passos em um mundo cheio de seduções, e de infelicidades! À noite prostrada ante a imagem do Todo-Poderoso, eu lhe rogava, com o mais religioso recolhimento, conservasse meu pai, subtraindo-o sempre ao furor dos maus homens! Muitas noites velei assim, e a aurora vinha esclarecer meu quarto sem que eu me tivesse podido resolver a procurar um repouso; a vida de meu pai estava em perigo!

Apesar de minha extrema juventude, esse bom pai julgava-me digna de sua confidência. Eu me achava com minha querida mãe em todos os entretenimentos desses bons esposos a respeito de seus planos nesses terríveis tempos.

Quando ele foi constrangido a abandonar imprevistamente sua casa e a procurar um asilo que o pusesse ao abrigo de seus cruéis perseguidores, eu fui a fiel depositária de suas correspondências, e do segredo do seu retiro, que eu soube religiosamente guardar, apesar das pesquisas e dos laços com que se pretendeu iludir minha inocência para arrancar-mo. Entretanto, com que ternura e cuidados esse respeitável pai se ocupava de minha felicidade pelo meio ainda mesmo das maiores perseguições de seus vis inimigos! Como esquecia ele de seus interesses e sua própria existência para cuidar dos de sua família, e particularmente velar na minha inexperta e incauta juventude!

Uma longa vida passada na obediência e atenções filiais não compensaria tantas bondades e tanta indulgência. Mas ai de mim! Ele acabou tão cedo! E eu, infeliz! Eu não tive a triste consolação de receber seu derradeiro suspiro!

A ti, minha cara filha, menos infeliz que tua mãe, foi permitido chorar sobre os restos de teu pai; minha ternura os depôs em um santo asilo, onde durante cinco anos te conduzia, e a teu inocente irmão, e ali fazia-te recordar, apesar de tua extrema infância, o inestimável amigo que perdeste nesse terno pai, que, semelhante à tenra flor que os furiosos aquilões[74] derrubam, quando apenas começava a espargir seu precioso aroma, foi prematuramente ceifado pela mão da inexorável Parca![75]

É a lembrança desse pai extremoso, que tanto me hei esforçado por despertar em tua verde memória, que eu desejo que graves nela para ouvir tua mãe.

Foi ele quem traçou o plano de educação que, pelo meio mesmo de meus acerbos desgostos, e vicissitudes, tenho procurado ministrar-te; é a sua vontade que eu sigo ainda a teu respeito. Lembrar-te pois que, se corresponderes sempre à minha expectativa, seguirás também os ditames daquele que vive ainda em meu coração, e cujos preceitos te são comunicados por tua mãe.

N... Meus filhos!... Eis os últimos monossílabos, que escaparam de seus moribundos lábios nesse fatal vinte e nove de agosto, que diluiu até o alicerce o edifício de minha felicidade!...

Ele queria sem dúvida recomendar-me seus filhos; a voz sumiu--se-lhe nos lábios apossados já do frio da morte!..., mas seu eco retumbou até a parte mais recôndita de meu coração, e aí ficou gravada para sempre...

Oh! Minha Lívia! Filha querida de nossos corações, objeto de nossos corações, objeto de nossos mais caros entretenimentos outrora, ouve a voz de tua triste mãe! Não iludas minhas únicas esperanças nesta vida de dores!

Tua docilidade, e ternura filial me prometem muito, e tua penetrante compreensão, apesar da extrema juventude, me deixa crer que lhe não escapará o verdadeiro interesse, que me guia por ti como a melhor

---

74. Aquilhão: vento frio e tempestuoso.
75. Parca: a morte. Na mitologia grega, qualquer uma das três irmãs responsáveis por fiar, tecer e cortar os fios das vidas humanas.

amiga de tua infância, a única, que te falará sempre a linguagem pura da verdade.

A vivacidade do teu caráter me garante a força de teu espírito; mas, minha querida, a natureza, que me fez apreciar todos os encantos do amor maternal, sem vedar-me para com os seus perniciosos abusos, me impõe o dever de advertir-te, que procures sempre contê-la para que ela não exceda os limites que lhe tem marcado a prudência na tua idade mesmo.

A vivacidade para agradar em uma menina deve ser de envolta com a moderação e modéstia em todas as suas ações.

Interiormente detestam-se sempre aquelas que fazem um abuso desse encanto infantil, que aliás tanto nos atrai quando, como te disse já, é dirigido pela modéstia, e tu mesma o tens comigo muitas vezes sentido nesses exemplos, que te faço constantemente notar como um espelho, em que deves ver a sorte que te aguarda se porventura tiveres a desgraça de imitá-los.

Se pois sempre natural e simples: a simplicidade deve presidir as ações e ornatos de uma jovem em todos os estados e circunstâncias da vida, pois que ela é a filha primogênita da virtude. Se amável sem pretensão de agradar, procura sê-lo para tua mãe, tua família, tuas companheiras, e todos enfim que te rodeiam; mas não ambiciones sê-lo para ouvir-te louvar. Possa a vaidade, esse terrível escolho[76] da mocidade, em que tantas vezes tem naufragado a inocência mesmo, te não assomar nunca!

Apesar de meus cuidados em educar-te longe do turbilhão do mundo, todavia vem algumas vezes ferir teus ouvidos a perniciosa linguagem da lisonja, a qual tem-se ali adotado como polidez, linguagem tanto mais perigosa a uma jovem, quanto a fraqueza de seus órgãos, a inabilita para distinguir o falso do verdadeiro, e por consequência conhecer o veneno que esses elogios destilam. Não obstante ter-te eu advertido desde a tua mais tenra infância desse indigno abuso da sociedade, temo contudo que ele faça alguma impressão sobre teu espírito quando apenas começa a desenvolver-se; mas espero que o estudo, e

---

76. Escolho: recife; qualquer tipo de obstáculo, risco moral ou emocional.

minhas constantes advertências, finalizem a obra, que meus solícitos e ternos cuidados têm por ti encetado.

Se procuro abrir-te, e facilitar-te o caminho das ciências, se me esforço por dar-te uma educação, que entre nós se nega ao nosso sexo, é sem dúvida na esperança de que a minha cara filha, bebendo as saudáveis lições da sabedoria, procure dar um dia a seu espírito o realce das virtudes que tanto o enobrecem, e que é o único a torná-lo digno da estima e respeitos da sociedade. E como não pretendo limitar-me a dar apenas a teu espírito uma leve notícia da ciência, que, diz o vulgo, não ser necessária à mulher, eu não temo que a vaidade, vício desprezível, que geralmente se atribui ao nosso sexo, infeccione tua alma.

O verdadeiro sábio, tu ouves dizer, é aquele que julga mais ignorar.

Entretanto, enquanto não atinges a esse fim sublime, a que eu ouso aspirar para ti, põe-te em guarda contra ti mesma, para que ele não sitie tua débil razão, e te faça perder as qualidades do coração, sem as quais nada pode brilhar em uma mulher.

Segue a prática das virtudes inerentes à tua idade, e que tantas vezes te hei traçado com uma solicitude verdadeiramente maternal. Repara nesses exemplos de amor e obediência filial que a história de todos os tempos nos apresenta, e teu coração se enobrecerá, desejando imitá-los. Tu verás nos primitivos tempos do mundo, entre inúmeros exemplos, um Isaac submetendo-se resignado à morte para obedecer a seu pai Abraão, e a recompensa, que por uma tal virtude recebeu de Deus.

Atende para aquela jovem, cujo pai condenado a morrer de fome em uma prisão, onde ninguém entrava sem primeiro ser revistado, era alimentado por ela, que sofrendo igual revista antes de aproximar-se dele, para que lhe não levasse algum alimento, lhe oferecia seu seio, e assim salvou a vida ao velho pai, deixando seu nome imortalizado na posteridade, onde as almas sensíveis lhe renderão sempre um culto!

Que sublime exemplo nos oferece a história do Japão naquele moço, que para socorrer sua mãe enferma, que exnania[77] na miséria, obrigou

---

77. Exnania: esvaziava-se, consumia-se.

seu irmão a fazê-lo passar para com o imperador por um bandido daquela tropa de ladrões que infestavam as florestas vizinhas de Meaco, capital do império, e que tinha mandado afixar um edital prometendo uma recompensa a quem lhe apresentasse um daqueles facinorosos!...[78]

Essa interessante Noemi, cuja história atualmente traduzes, te oferece um tocante exemplo de amor filial.

Com que ternura e admirável perseverança ela consolava sua sensível mãe em uma idade tão tenra! Com que sublime resignação sofria ela a desgraça, que a oprimia em países inóspitos, e animava a essa infeliz mãe, a quem acompanhava nos áridos desertos da Arábia, pedindo-lhe que esperasse de Deus, todo de bondade, o termo de seus trabalhos!

Oxalá, minha Lívia, qual outra Noemi, perseveres sempre na virtude, e me faças gozar, morrendo assim como madame de Marsol, da doce consolação de te contemplar sempre digna de minha ternura, e das bênçãos do Céu!!

São as virtudes cristãs que eu desejo inspirar-te, e para consegui-lo é mister que baseie na religião todos os exemplos que empreender oferecer-te; nesta Santa Religião, em que tento elevar tua alma, mostrando-te a necessidade de a bem seguir para sermos felizes nesta vida ilusória, onde tudo são escolhos; e em que, sem tão sábia guia, a virtude mais austera naufragará. Santa Inês tinha pouco mais ou menos a tua idade quando tentaram por mil lisonjeiras carícias e seduções fazê-la renunciar a sua vocação; mas essa admirável menina preferiu ser queimada viva, no momento em que todos contemplavam extasiados a beleza de sua encantadora figura, a profanar sua alma com sentimentos impuros!

Só uma alma vã, minha filha, um acanhado espírito, se ocupa dos encantos externos.

Cultiva as virtudes, cujo germe apraz-me achar em teu coração.

"Ser obediente a seus pais, mesmo quando eles forem intratáveis e austeros; amá-los, mesmo a despeito de seus vícios grosseiros e ingratidões, é uma virtude rara e de um grande merecimento."

---

78. Facinoroso: aquele que cometeu graves ou grandes crimes.

Reflete bem neste sublime pensamento; foi um santo homem que o escreveu. Foge desses filhos que murmuram de seus pais, por mais rigorosos que eles sejam, que os censuram e arvoram-se juízes de sua conduta! É o crime de Cam, filho de Noé, que vemos desgraçadamente muitas vezes reproduzido em seus descendentes, crime que o Todo-Poderoso não deixa impune!

Não são menos perigosos aqueles filhos que não veem nos autores de sua existência mais do que o móvel primário de sua vaidade e orgulho, aqueles que devem satisfazer cega e loucamente os seus menores caprichos, e que aplaudem indiscretos seus defeitos chamando-lhes belas agudezas! Tais filhos serão sempre desgraçados, pois que não terão, como Santo Agostinho, uma Santa Mônica por mãe, cujas súplicas pela conversão de seu filho chegaram ao trono do Todo-Poderoso e conseguiram fazê-lo triunfar da perniciosa educação que lhe dera seu pai.

A obediência é uma virtude que muito realça em um filho. São Paulo, fazendo uma lista dos maiores pecadores, colocou nesse número os filhos desobedientes.

Obedece porém por amor de ti mesma e não porque temas as repreensões de tua mãe e mestres que deves olhar com igual respeito, enquanto ouvires suas lições. Obedecer por um temor puramente servil ou por força é uma obediência de escravo, que deixa então de ser virtude. Obedece pelo prazer que te deve resultar de haveres preenchido os teus deveres. Da mesma sorte pratica o bem unicamente pela doce satisfação que disso te deve ficar e foge do mal pela dolorosa impressão que ele deixa na alma do que o pratica, e pelas funestas consequências que o seguem.

Deus, minha filha, esse sábio autor de quanto vemos de admirável sob a abóbada celeste, deu-nos um juiz demasiadamente severo para punir-nos na Terra, mesmo antes de nos apresentarmos junto de seu divino trono; juiz, a cuja punição é-nos impossível escapar, e, como as leis do homem, iludir!

A consciência!!...

Os maus escapam muitas vezes à justiça da Terra, mormente (para vergonha dos administradores dela) se a sua posição é feliz, isto é, se possuem com abundância esse vil metal que na Terra compra tudo, exceto a virtude. Eles parecem felizes no meio dos prazeres, e muitas vezes cercados das honras vãs da sociedade; e alguns fugindo à pátria e aos objetos que lhes representam seus crimes, e pondo assim entre eles e seus perseguidores uma barreira que julgam inacessível, creem ter encontrado o repouso e a felicidade! Mas ah!, quanto são inúteis semelhantes esforços! Sua alma é continuamente despedaçada pelo cruel abutre do remorso, tormento nesses casos a que a morte deve ser preferível! Seu sono será sem cessar interrompido, e os afiados aguilhões[79] da consciência o convencerão a cada instante de que nenhum suplício inventado pelos homens igualará ao seu tormento.

O mau, minha filha, não pode jamais ser feliz, embora o pareça, pois que a felicidade é sempre o resultado da virtude. Faze com que tua conduta esteja sempre de acordo com a consciência, dirigindo tuas ações conforme os ditames da sã razão, para que tua alma goze de uma calma que é preferível a todas as grandezas do mundo.

Sê condescendente, e habitua-te desde já a sofrer com resignação os inconvenientes da vida. Sempre boa e solícita em satisfazer às tuas companheiras, ainda mesmo com sacrifício de tua vontade, procura provar-lhes que tu és mais feliz em satisfazer os seus desejos do que os teus mesmo; força-as a amarem-te por tua docilidade, tuas atenções e bondades, mas não porque te julgues de um talento e ilustração de espírito superior ao seu. A vaidade só é própria de uma alma baixa, de uma medíocre educação.

O sábio não ri, mas se compadece do ignorante.

A caridade, a primeira das virtudes cristãs, nos proíbe censurar as faltas do nosso próximo com escárnio.

Demais, lembra-te sempre que, por mais elevada que seja a tua educação, terás defeitos, pois que pertences à espécie humana; e para que eles sejam menos sensíveis, deves procurar suportar paciente e generosa os dos outros, a fim de que tenhas para com eles iguais direitos.

Quando te achares em qualquer companhia, mostra sempre mais benevolência àqueles que aí se acharem mais constrangidos, ou por menos favorecidos da fortuna ou da natureza.

---

79. Aguilhão: ponta perfurante.

Decide-te sempre pelo oprimido; os desgraçados têm incontestáveis direitos à nossa proteção e amizade.

Prefere a virtude sob quaisquer trajes que ela se patenteie a teus olhos.

Acostuma-te a não julgar as coisas pelo exterior; baseia teu juízo em provas mais reais, procurando com cedo vencer a fraqueza da mocidade tão pronta em conceber as primeiras e mais perigosas impressões!

Muitas vezes encontra-se sob feias aparências o realce de todas as virtudes reunidas; sendo certo que mais frequentemente elas habitam a pobre choça do camponês do que o rico palácio do cortesão. Não te iludas pois por simples aparências.

Quando porém qualquer desgraçado implorar teu auxílio, corre a socorrê-lo, sem indagar se a sua desgraça é ou não merecida, nem te importe a forma com que ele se apresenta, assim como com o que poderão dizer em seu desabono aqueles que, gozando no mundo de todas as comodidades, nem ao menos se lembram que seria possível operar--se uma mudança que os fizesse partilhar igual destino!

A maledicência tudo envenena, e aqueles a quem a fortuna deixa de favorecer são sempre as primeiras e tristes vítimas de seus tiros!

Mostra-te sempre mais humana para com estes; porque os outros têm uma sociedade que, premiando raras vezes o verdadeiro merecimento, os indeniza da falta deste, conferindo-lhes honras e rendendo--lhes todas as sortes de homenagens... Detesta com horror o vil interesse, minha filha, nem te deslumbre esse aparato[80] vão das grandezas do mundo. Aqui tudo é passageiro e transitório! Felizes somente são aqueles que firmam seu império na virtude.

Sê generosa, minha querida; a generosidade é um sentimento sublime, digno de uma alma bem-formada; ambiciona ocasiões de podê-la exercitar; e se a pessoa a quem a deves fazes sentir tiver-te porventura feito alguma injustiça, folga de a poder convencer por tuas bondades de que não a merecias.

---

80. Aparato: ostentação.

Pratica o bem, eu te repito, pelo único prazer de o fazeres sentir ao teu semelhante, e não desejes a vingança nem mesmo contra o teu maior inimigo (se tiveres a desgraça de o ter), seguindo nisso aquele preceito de J. C. "Paga o mal com o bem."

Sim, minha cara filha, a vingança é um sentimento tão vil, que deixa a alma que a exercita inabilitada para conceber qualquer sentimento virtuoso, enquanto a generosidade, que praticamos a respeito mesmo dos que nos ofendem, prepara-nos as mais doces afeições!

Consulta o teu coração quando acabares de fazer qualquer benefício e o sentirás tão satisfeito!, tão tranquilo! Mas se tiveres a infelicidade de fazer sofrer ao teu semelhante, teu coração cerrar-se-á, e o pior dos tormentos, de que acima falei-te, virá dilacerá-lo!

Compara pois esses dois sentimentos, e tu reconhecerás naquele o prêmio da virtude, e neste a punição do crime.

Faze porém o bem sem garbo[81] nem ostentação, procurando cuidadosa ocultá-lo a todos, e, se for possível, àqueles mesmos a quem o fizeres sentir.

Sê tanto mais omissa em declarar o benefício que fizeres, quanto pronta em propagar o que receberes, pois que as vozes da gratidão devem exceder ao objeto que as fez nascer.

Gratidão!, virtude sublime que tanto honra a humanidade! O ser que te não conhece é incapaz de outra qualquer virtude!

Foge pois aos ingratos, minha querida filha; eles receberão de um Deus, sempre justiceiro, a pena devida a um tão enorme crime! Crime para que os homens não têm até aqui achado suficiente castigo!!

A Providência Divina, tocada sem dúvida de meus primeiros infortúnios, deu-me um filho, que tem feito contigo a doçura de minha vida, e que espero será o apoio de minha velhice, e sempre o teu melhor amigo, como tem sido o único companheiro de tua infância. Ama-o sempre com uma verdadeira ternura fraternal, e contempla nele a viva imagem de teu pai. Sua boa índole me promete que terás de aplaudir sempre tua ternura por ele. Condescende com ele em

---

81. Garbo: aqui, utilizado no sentido pejorativo, de demonstração de imponência ou arrogância.

tudo aquilo que for razoável, obrigando-o por teu exemplo a satisfazer todas as tuas vontades.

Ama-o enfim tanto quanto eu amei em tua idade mesmo a meus últimos dois irmãos, cujos primeiros passos guiei, e por quem sempre depois senti um interesse puramente materno. Um deles é essa tia, que tantos direitos tem à tua amizade, à tua gratidão e respeito; aquela que, depois de tua boa avó, a quem deves relevantes cuidados na tua primeira infância, deves, como a mim, respeitar, e seguir os seus conselhos.

Toma-a por modelo de tua conduta, essa virgem, cuja pureza e virtudes estão muito além do quadro que delas poderia minha fraca pena esboçar!

Foi em teu casto seio que repousei minha delirante cabeça quando em país estranho sofri a grande perda de teu inestimável pai, e foi a única amiga cuja voz penetrou em meu coração dilacerado quando me pedia, entre lágrimas, que vivesse para meus inocentes filhos, e para ela! Essa virtuosa menina, que se votou toda a mim, nada esquecia do que poderia arrancar-me a uma funesta melancolia, em que languescia de dia em dia, tornando-me inepta para qualquer ocupação, e fazia-me todos os momentos bendizer os cuidados que dei à sua infância.

Oh!, minha filha, ajuda-me a indenizar esta inestimável irmã, esta incomparável amiga, de uma amizade tão sublime, de um exemplo tão raro de afeição fraternal. Olha-a como uma segunda mãe, e eleva como os meus teus votos ao Todo-Poderoso, para que lhe prolongue a vida, uma vida feliz, poupando-nos a dor de ver acabar tão cedo, como aquela irmã querida, por quem tua débil mão me tem tantas vezes enxugado o pranto!! Tributa enfim a toda a tua família um profundo sentimento de veneração, e estima, apressa-te em prevenir, podendo, seus menores desejos; acompanhando tuas ações daquela encantadora benevolência, que mais nos aproxima da Divindade! Se algum dia ela precisar de teus socorros, imita tua mãe, não hesites um momento em preferir a sua à tua felicidade. Sacrifica-lhe tudo, menos a virtude!... A virtude, minha cara filha, que é o mais precioso dom da vida! A virtude, te repito, que deves preferir neste mundo a todos os vãos esplendores, e cuja palma te será preparada na Celestial habitação pelas mãos da Divindade. Filha do Céu, e tendo ali seu trono, ela não pode ser premiada pelas mãos profanas dos mortais.

Despreza os que com uma doutrina diversa tentarem iludir tua razão; antepõe uma firme constância aos miseráveis sofismas, de que abundam suas teorias.

Convém que seja atenciosa para todos, e com particularidade para a velhice, minha filha, que tem direitos a nossos respeitos. Em uma sociedade, aproxima-te sempre dos mais velhos, e doutos; sua experiência e instrução não pode deixar de utilizar-te muito, enquanto os moços pela maior parte te oferecerão um entretenimento bem diferente: seus discursos são sempre intermediados dessas sátiras ridículas, que dizem ser a graça das assembleias, e que não podem agradar senão a um espírito tão medíocre como o seu. Uma outra advertência te faz minha vigilante ternura, e é que nessas ocasiões em que não puderes furtar-te às vozes da lisonja, quando ouvires louvar exageradamente teu gênio, teus talentos, não te mostres desdenhosa, mas agradece tudo isso com uma continência modesta, dizendo em teu coração "quanto são exagerados semelhantes elogios!".

Minha querida filha, há no mundo duas sortes de admiradores de nosso sexo, uma assaz comum, outra extremamente rara. A primeira é daqueles homens que, olhando-nos com desprezo, não veem em nós, assim como nessas lindas flores, que se colhem para servir-nos de um ornato passageiro, mais do que um objeto digno somente de lisonjear seus sentidos. A seus olhos uma mulher amável é sempre aquela que reúne mais graças exteriores, e ousados pela fraqueza com que os prejuízos de nossa educação nos apresentam aos olhos do mundo, eles têm estudado, e põem em prática uma linguagem toda engenhosa para atrair nossa atenção e triunfar dessa fraqueza a despeito de nossa virtude mesma. Eles te dirão com toda a impudência que és bela como a rosa, engraçada como as ninfas; gabarão exageradamente tua destreza nas belas artes, colocando-te mesmo a par das filhas de Apolo; chamarão as tuas disposições para os estudos, profundos talentos: enquanto interiormente lançarão um olhar escrutador sobre a tua fisionomia, para gozarem da impressão que teu inexperto[82] cora-

---

82. Inexperto: inexperiente.

ção sentirá com o enérgico esboço, que eles souberam ardilosamente traçar, de perfeições que estão bem longe de crer que tu possuis! E se alguns há menos impudentes, ou menos galantes, como lhes chama o vulgo, seu grosseiro egoísmo sugere-lhes então mil ridículos, com que procuram oprimir aquelas cujos pais, mais justos, facilitaram-lhes o caminho das ciências!

A segunda porém é a daqueles homens que, cujo coração formado na escola da virtude, para honra da humanidade, se prestam espontaneamente a vingar-nos dos ultrajes, com que pretendem abocanhar-nos o crédito aqueles de que acabo de falar-te. As armas de seu ilustrado entendimento, aguçadas na fina Pedra da Moral, contrastam superiormente esses ridículos dictérios,[83] que para nós assestam[84] grosseiros e fractuosos[85] arcos brandidos por mãos impuras.

Um aspecto sisudo, em que todavia transluz uma galhardia nobre; expressões subidamente[86] honestas, representativas de suas feições; um recolhimento em seu porte, sem ser contudo exclusivo de uma certa acessibilidade, de que tanto precisamos; eis em resumo o quadro, que a filosofia dos costumes (a Moral) nos traça do homem, que, merecendo as nossas simpatias, tem direito a que lhe tributemos as nossas deferências. A perspicácia de sua inteligência discrimina profundamente as nossas fraquezas de nossas elevações; fazendo-nos sentir as primeiras para que nos emendemos dos erros, a que elas tão frequentemente nos induzem, combatidas de insinuações malignas; o homem sério não abusa de uma posição, que porventura facilmente se prestaria à realização de planos, que a desonestidade ceva, mas que a razão condena; pagando o tributo de sua admiração a nosso talento, ele não exagera, receando assisado,[87] que ultrapassemos os limites do justo emprego, que dele é mister façamos.

---

83. Dictério: gracejo, zombaria.
84. Assestar: apontar, direcionar; aqui, utilizado no sentido de fazer alguém alvo de indiretas ou de atenção, mas também significa atingir este alguém fisicamente, o que a autora emprega de forma figurada, como acertar moralmente.
85. Fractuoso: aqui, utilizado como característica de algo que dispara vários fractais. Na matemática clássica, fractal significa uma forma geométrica muito comum e indefinidamente replicável pela natureza.
86. Subidamente: em alto grau.
87. Assisado: com ponderação.

É de um tal homem, minha filha, que te recomendo procures a comunicação, e cultives a amizade, quando tua razão se tiver desenvolvido.

Foge cautelosa aos primeiros que só te faltarão de uma maneira própria para lisonjear a tua vaidade.

Eles não pensam nas desgraças que causam, e na viciosa fraqueza que alimentam, quando exortam as mulheres a fazerem-se unicamente amáveis, nem advertem que o sexo tendo sido feito para tudo harmonizar na Natureza; eles põem em oposição o dever natural e o artificial, sacrificando a consolação, e a dignidade da vida das mulheres, a noções deliciosas de beleza.

Aqueles que menos te falarem de tuas qualidades, e te admirarem em silêncio, serão justamente os que mais convencidos estarão delas. É estéril a linguagem da modéstia, enquanto a da lisonja demasiadamente fértil.

Adverte porém que entre esses há uma qualidade de homens, de que te não falei ainda, e de quem, mais que do venenoso áspide,[88] é mister precaver-te!

São os hipócritas, minha filha, esses detestáveis seres, que sabem a seu grado manejar as armas de uma aparente modéstia, a fim de que possam mais seguramente chegar a seus fins, e fazer cair sobre ti os tiros da maledicência.

O vício, engenhoso em disfarçar-se, toma muitas vezes belas formas, com que aparece aos olhos da demente mocidade, e a atrai, conduzindo-a sutilmente à sua ruína, assim como a brilhante chama atrai a borboleta e a consome! Cumpre pôr-te em guarda contra esses outros tantos inimigos do teu repouso, da tua inocência e felicidade, para o que tens precisão de um guia esclarecido que te advirta e desvie dos perigos que tua inexperta mocidade não poderá prever; um guia porém a quem teu coração se patenteie sem reserva alguma, e cuja ternura te garanta a indulgência, de que há mister a confissão de tuas menores fraquezas; um guia enfim que se interessado mais por ti, que tu mesma, prefira a tua à sua felicidade. Não tens tu adivinhado já

---

88. Áspide: pessoa que fala mal das outras; serpente venenosa.

qual ele possa ser?, não o tem teu coração já elegido? Sem dúvida que qualquer outrem, além de tua mãe, não poderia melhor prestar-te esse poderoso auxílio. Sim, minha cara filha, é tua mãe, que toma em tudo um interesse eminente por ti, que te servirá de guia; mas para isso é mister que o menor, o mais insignificante segredo não ache asilo contra ela em teu coração. Tu lhe deves como à tua primeira amiga a confissão de todos teus pensamentos, e de tuas menores faltas, que deves submeter a seu juízo, sem temer, mas desejando as suas admoestações. Desgraçados daqueles que se negam a esse dever!

Não seguindo os seus conselhos em uma idade em que não podem discernir o bem do mal, eles correm vendados a precipitar-se no horroroso abismo, que absorve a felicidade dos maus filhos, preparando-lhes dias de lágrimas e arrependimento!! Oh!, possa a filha querida do meu coração evitar tão funesta sorte!

Possa ela, pela regularidade de sua conduta, pela sua obediência, e docilidade aos conselhos de sua mãe, preparar-se uma mocidade feliz, e uma velhice sem remorsos!!

FIM

MÁXIMAS E PENSAMENTOS PARA MINHA FILHA

I

De manhã, despertando, ao Céu levanta
Teu espírito, ó filha! assim farás,
Que sobre ti Deus vele, pois não sabes
Se à terra antes da noite volverás!

II

Foge ao mal, segue o bem, filha querida,
Em paz ditosa passarás a vida.

III

No prazer, quando bem nos engolfamos,
A sorte contra nós golpes despede;
Brilha o sol no horizonte, e logo, às vezes,
Medonha tempestade lhe sucede.

IV

Paixões não há, nem há dificuldade,
Que da virtude o amor vencer não possa.

V

Sob flores, a serpe venenosa
Se oculta e morde o viandante incauto;
Assim doces prazeres nos ocultam
Dos vícios o tremendo fel mortífero.

VI

Só as almas medíocres se abatem
Ao jugo das paixões, que a razão ferem.

VII

Do mortal infeliz pranteia os danos,
Alegra-te com os bens do virtuoso;
Não invejes os dons, que Deus outorga
Da Fortuna ao feliz filho mimoso.

VIII

Do Ser indiferente foge, ó filha,
Em sua alma a virtude não habita.

IX

Não creias, cara filha, ser feliz
Sempre aquele, que tem alegre o rosto,
O riso assoma aos lábios, quando o peito
Sofre mil vezes o fatal desgosto.

X

A vaidade foi sempre em todo tempo
Da feminil virtude o triste escolho.

XI

Feliz quem desde a prima juventude
Trilhou ovante[89] da virtude a senda;
O passado sem dor se lhe retraça,
E sem susto o porvir seguro aguarda.

XII

Prefere antes passar por ignorante
Que teres o conceito de pedante.

XIII

Plutarco, Milton, Fénelon, Virgílio,
(Cujas línguas traduzes) jamais foram
De seu saber vaidosos, mas modestos,
Ilustraram a Pátria, e a humanidade.

---

89. Ovante: triunfante.

XIV

Estuda, por amor ao mesmo estudo,
E não creias jamais que sabes tudo.

XV

Os homens que pretendem, egoístas,
Das ciências vedar-nos os arcanos,
Contra si pronunciam, sem o crerem,
Sentença, que lhes traz terríveis danos!

XVI

Foge o tempo veloz; velozes fogem
Dos míseros mortais os vãos prazeres!

XVII

Terna amiga, inimiga inexorável
É do triste mortal a consciência;
À prima, o coração reto preside;
É do mau a segunda inseparável.

XVIII

Do palácio a ventura às vezes foge,
Para ir habitar na pobre choça.

XIX

No homem poderoso os feios vícios
São apenas defeitos passageiros;
Naquele, que a fortuna não protege,
Parecem grande crime os mais ligeiros!

XX

A vaidade destrói as paixões nobres,
Bem como ardente sol as plantas cresta.[90]

---

90. Crestar: queimar; endurecer por ressecamento.

XXI

Do terno coração de uma mulher
É mui belo ornamento a timidez;
Mil vezes infeliz foi sempre aquela
Que tão bela virtude em si desfez!

XXII

Os homens leis fizeram parciais,
Que a mulher julgar deve naturais.

XXIII

Armas há poderosas, que a mulher
Deve empregar com ânimo bastante;
São a doce bondade, a paciência,
A modesta ternura, a fé constante.

XXIV

Desgraçada a mulher, que um só momento
Esquece da modéstia as leis severas!

XXV

Monumentos soberbos, templos, mármores,
Tudo avara[91] destrói do tempo a mão!
A virtude somente passa intacta
Pela sua cruel revolução.

XXVI

Infeliz o mortal, que na beleza
Consistir faz os dons da Natureza.

XXVII

Os prazeres do mundo se assemelham
À cicuta, que ao pé do agrião nasce;
Este ao homem sustenta, enquanto aquela
Faz que este em breve à sepultura passe.

---

91. Avara: mesquinha.

XXVlll

A amizade, a mais nobre das paixões,
Digna só do teu culto, oh filha, seja!

XXlX

Fugir procura sempre, cara filha,
Aos laços, que armar sabe o coração;
A dor, partilha tua eternamente,
Será, se impor-lhe deixas à razão.

XXX

Instrução sem virtude na mulher,
Qual mesmo a de Sólon, brilhar não pode.

XXXl

Ao revel[92] coração impor silêncio,
Desde já te habitua cuidadosa,
Se queres mocidade ter feliz,
Respeitável velhice, morte honrosa.

XXXll

Da primeira conduta, que nós temos,
Depende o bem e o mal, que ao fim sofremos.

XXXlll

Aquele, que a fortuna má persegue
Seus tesouros avara lhe negando,
De gozá-los às vezes é mais digno,
Que os escolhidos seus, que os vão gozando.

XXXlV

Da mulher, que a seu sexo sobressai,
Inimigas cruéis são as mulheres!

---

92. Revel: arredio.

XXXV

Em um mundo, que justo ser não sabe,
Não desejes brilhar, filha querida;
Da mulher os talentos fazer devem
Os encantos domésticos da vida.

XXXVI

Quanto mais superior ao sexo fores,
Tanto mais da modéstia as leis te ligue.

XXXVII

As que são ignorantes não possuem
A vantagem de uma alma bem-formada,
Despeitosas então, sofrer não podem
Aquela, que instrução tem cultivada.

XXXVIII

Em vão pretendem conhecer arcanos
Do futuro, os misérrimos humanos!

XXXIX

No precipício à borda alegre rimos,
Seus horrores cruéis sempre ignorando;
Do bem, que em dor acerba nos consola,
Só nos chegamos tristes e chorando!

XL

Feliz somente o que prudente, e sábio
Na sã Religião seus bens contempla.